お雑煮合戦

食堂のおばちゃん⑰

山口恵以子

ハルキ文庫

角川春樹事務所

目次

お雑煮合戦

食堂のおばちゃん17

第一話
サンドイッチの翼

「これって、あのラーメン屋さんの？」

ランチタイムのはじめ食堂にやってきたご常連のサラリーマンが、壁のポスターを指さした。

ポスターには「飛び切り美味《おい》しいサンドイッチの店『サンドイッチのつばさ』10月4日（金）オープン！」と大書され、番地と電話番号、メールアドレス、さらに今どきの店ならではの二次元コードが印刷されている。

皐《さつき》はカウンターで定食の盆を受け取りながら答えた。

「はい、ラーメンちとせのところです。店主の千歳《ちとせ》さんが産休に入ったので、復帰するまでテナントで入ります」

「期間限定なの？」

いつも四人グループでやって来る、これもご常連のワカイのOLが尋ねた。

「一応半年の予定ですけど、もう少し延びるかも」

ラーメン店に限らず、ワンオペの店は重労働だ。千歳は半年後の復帰を目指しているが、それも体調次第だろう。

「お待たせしました」

皐が定食の盆をテーブルに置くと、別のテーブルから注文の声が飛んだ。

「鰯《いわし》一つ、小鉢プラスで」

「俺《おれ》、カツカレーセット、小鉢プラス」

「はい、ありがとうございます」

皐はきびきびと注文を復唱し、厨房《ちゅうぼう》の二三《ふみ》と一子《いちこ》に通した。

今日のはじめ食堂のランチメニューは、日替わり定食が名物鰯のカレー揚げと豚の生姜《しょうが》焼き。焼き魚は塩鮭《しおじゃけ》、煮魚はサバの味噌《みそ》煮。ワンコインはキノコ蕎麦《そば》、カツカレー、オムカレー。小鉢は無料が自家製なめたけ、五十円プラスで洋風おから。味噌汁は玉ネギとジャガイモ、漬物は一子手製のカブの糠漬《ぬかづ》け（葉付）。

これにドレッシング三種類かけ放題のサラダが付き、ご飯と味噌汁はお代わり自由。これで一人前七百円は、現代の奇跡と言って過言ではないと、近頃《ちかごろ》二三はますます痛感している。

今日は九月最後の月曜日。明日からは十月だ。

「ねえ、『アメリカン』って喫茶店、知ってる？」

ワカイのOLグループの一人が訊《き》いた。

「知らない。有名なの？」

「玉子サンドがすごいの。一人前パン一斤、卵十個分の玉子サラダ使うんだって」

「あ、それ、テレビで見た！ サンドイッチの上にアイスクリームディッシャーで玉子トッピングするのよね」

するると別の一人が眉《まゆ》をひそめた。

「一人でそんなに食べ切れる？」

「すごい良心的なお店で、持ち帰り用のパックくれるんですって。今じゃ日本人だけじゃなくて、インバウンドでも人気らしいわ」

「最近、ラーメンだけじゃなくて、日本の卵料理もインバウンド人気なのよ」

別の一人が確信に満ちた口調で言った。

「玉子サンド、オムライス、親子丼《どん》、おまけに卵かけご飯まで食べるって。外国じゃ生卵食べないんで、珍しいらしいわ」

すると最初の一人が再び口を開いた。

「オムライスっていえば、東銀座《ひがしぎんざ》の『喫茶YOU』。あそこも外国人客が多くなって、みんなオムライス注文するのよね。でも……」

そこで洋風おからを一口食べてから、先を続けた。

「あそこの玉子サンド、絶品よ。『たまごサンド』と『オムレツサンド』があって、私はオムレツ派。バターの風味が最高」

「私は玉子サンドなら、『はまの屋パーラー』。あそこは厚焼き玉子サンドで、昔ながらの安定感があるのよね」

「『俺の～』系列がパン屋も出してて、そこの玉子サンドも良いわよ。玉子サラダ状のフィリングと半熟卵が挟んであって、食感の違いが面白いの」

それは『俺のBakery恵比寿《えびす》』店の「奥久慈《おくくじ》卵のたまごサンド」のことだ。

四人は食事しながら、玉子サンド談議に花を咲かせている。

それを小耳に挟みながら、皐は「玉子サンドもブームが来てるんだ」と、感慨深く思うのだった。

「差し入れでいただくサンドイッチは『みやざわ』が圧倒的に多かったわね。玉子サンドが有名だけど、ハムサンドもすごく美味しかった」

野《の》田《だ》梓《あずさ》が鰯のカレー揚げを割り箸《ばし》で切りながら言った。はじめ食堂のランチに来るときは、スッピンに黒縁眼鏡《くろぶちめがね》で中年の女教師のように見えるが、実は銀座の老舗《しにせ》クラブで長年チーママを務めている。

「『D-Heartman』っていうお店のカツサンドも美味しかったわ。それと『新世界グリル梵《ぼん》』のビーフカツサンド。大阪では『ヘレカツ』って言うらしいけど」

「深夜までやってる店が多いからでしょうね。『梵』は八時閉店だけど『みやざわ』と『D-Heartman』は確か、三時頃まで開けてるんじゃないかな」

三《み》原《はら》茂之《しげゆき》が言った。この人もはじめ食堂に来るときはラフな格好で、ご近所の御隠居さんのように見えるが、実は帝都《ていと》ホテルのかつての名社長で、今は特別顧問を務めている。

「ま、最近じゃ差し入れ持ってきてくれるようなお客様は、ほとんどいなくなったけど」

梓はひょいと肩をすくめてから、懐かしそうに宙を見上げた。

「そう言えば、四十年くらい前かしら、お客さんがやたらお餅《もち》の磯辺焼きを差し入れてくれた時期があったわ」

「あった、あった」

梓の言葉で二三も記憶を呼び起こされた。当時は大東《だいとう》デパートの駆け出しの衣料品バイヤーだったので、接待のお供で夜の銀座にも出入りしていたのだ。

「バブルの始まるちょっと前よ。銀座八丁目から新橋《しんばし》にかけて、やたら磯辺焼きの屋台が並んでたわ」

「他にもあったわよね。アクセサリーの露店とか……売ってる人、外国人が多かったような」

梓も記憶が鮮明になってきたようだ。

「そうなのよ。あの露天商、ほとんどがイスラエル人のフリーターだって、誰《だれ》かに聞いた記憶が……」

二三もありありと、あの頃の夜の銀座八丁目から新橋駅にかけての光景を思い出した。

「いつの間にかなくなってたのよね、屋台も露店も」

二三はそう言いながらカウンターの向こうにいる皐を振り返り、苦笑いを浮かべた。

「さっちゃんは毎日こんな話ばっかり聞かされて、うんざりよね」

「そんなことありません」

皐は真摯《しんし》な口調で答えた。

「知らない事ばっかりで楽しいです。私も、インバウンドばっかりになった今の銀座しか知らない世代に、みなさんが子供の頃の銀座の話を聞かせてあげたいです」

「さっちゃんは考え方が柔軟なのよね」

一子が皐を見て目を細めた。

「今の人は信じられないかも知れないけど、あたしが子供の頃は銀座通りには夜店がいっぱい出てたのよ」

一子の両親は東銀座でラーメン屋を営んでいたので、子供の頃から銀座は庭だった。

「一丁目から八丁目まで、大通りの東側……松屋《まつや》、三越《みつこし》、松坂屋《まつざかや》のある側は、もう夜店がびっしり並んでたわ。夜店って言っても、しょぼくれた店じゃなくて、こぎれいで堂々とした感じでね。雑貨、本、切手、骨董品《こっとう》、洋服やアクセサリー。夏は子供向けかしらね、虫屋も出ていて、亡くなった兄はカブトムシを買ってもらって、大喜びしてたわ」

皐はすっかり驚いて、目を丸くしている。

「おばさんの話、あたし安藤更生《あんどうこうせい》の『銀座細見』ていうエッセイで読んだことあるわ。他にも水原孝《みずはらたかし》のエッセイに、銀座の夜店のことがいっぱい書いてあったわ」

梓が感心したように頷《うなず》いた。店では座持ちの良さと話題の豊富さで売れているので、読書量も尋常ではない。ちなみに安藤更生は日本の美術史家、水原孝は銀座生まれの元朝日新聞記者だ。

「僕も昔、先輩から聞かされたなあ。『銀ブラ』は昼間だけじゃなくて、夜、夜店を冷かして歩くのも人気だったって」

三原も感慨深そうに呟《つぶや》いた。

「……銀座はこれからも変わるんでしょうね」

皐は遠くを見る目つきになった。

「銀座だけじゃないわよ。今は月島《つきしま》が変身中」

二三は肩をすくめて頭を振った。

月島駅徒歩二分の月島一丁目に総戸数五〇三戸、地上三十二階建ての大型高級分譲マンション、つまりタワマン「ミッドタワーグランド」が竣工《しゅんこう》したのは二〇二〇年のことだった。

そして今は月島三丁目で再開発計画が進行中で、街区全域をつぶしてタワマンと周辺施設を建設するという。規模は総戸数一二八五戸、地上五十八階、高さ約一九九メートルというから、ミッドタワーグランド以上の巨大建造物になる。再開発エリアの南側は西仲通り、別名月島もんじゃストリートに面していて、そこには二十五の店舗区画を設ける計画らしいが、タワマンの完成した暁には、月島の風景は一変することだろう。

「でも、悪いことじゃないと思うのよ。だって、大川端《おおかわばた》に高層マンションが何棟も建ったお陰で、人は多くなったし地下鉄の駅も増えたし、便利になったもの」

一子はそう言って三原を見て微笑《ほほえ》んだ。

「三原さんだって、マンションができたから佃《つくだ》に引っ越してきて、うちのお得意様になってくれたんだし」

三原も微笑み返した。

「そう言っていただけると嬉《うれ》しいですよ」

大川端リバーシティ21の建設は、その後のタワーマンション群計画の嚆矢《こうし》となり、おそらくもっとも成功した事例となった。下町の風情《ふぜい》は残るものの、当時夜間人口四千を切るまでに縮小していた佃の町は、タワーマンション群の出現によって息を吹き返したと言っても過言ではない。

「新しく引っ越してきた人が、はじめ食堂のお客さんになってくれたら、もう万々歳よ」

一子の言葉に、二三も素直に共感した。そうだ、住人が増えるのははじめ食堂にとって歓迎すべきことなのだ。

「ニューカマーがここまで足を延ばして、この通りにもうちょっとお店が増えると良いんだけど」

「捕らぬ狸《たぬき》の皮算用」

梓の一言で、食堂に笑顔の輪が広がった。


「こんにちは！」

二時十分前、にぎやかな挨拶《あいさつ》と共に戸が開き、モニカとジョリーンが入ってきた。二人は皐がかつて「メイ」という芸名で勤めていた六本木《ろっぽんぎ》のショーパブ「風鈴《ふうりん》」のダンサーで、二人ともニューハーフだ。今も皐との友情は続いている。

「試食会、すごく楽しみ！」

ジョリーンが大げさに身をくねらせた。三原と梓はすでに帰った後で、はじめ食堂のメンバーだけなら気兼ねなく弾《はじ》けられる。

皐が二つのテーブルをくっつけようとすると、ジョリーンも手伝った。毎度のことなので、すっかり慣れている。

「それにしてもあのラーメン屋さん、一度も行かないうちにもう休業なんて」

「しょうがないわよ。いつも行列してたし、空《す》いたと思ったらスープ売り切れで終了だし」

モニカがぼやくのにジョリーンが箸を並べながら応じた。

「今度の店はサンドイッチだから、テイクアウトできるわよ」

そう言って皐が入り口の方を見ると、戸が細く開いた。

「こんにちは！」

永野《ながの》つばさが番重《ばんじゅう》（長方形のプラスチック容器）を抱え持ったまま、器用に戸を開いた。

「いらっしゃい」

「お待ちしてました」

厨房にいた二三と一子も声をかけた。

つばさはテーブルの上に番重を置くと、モニカとジョリーンに「初めまして」と挨拶した。すかさず皐が紹介した。

「こちら、新しくオープンするお店のオーナー、永野つばささん。この二人は私の元の職場の同僚で、モニカとジョリーンです」

「週一でランチタイムに来てくれるお得意さん。二人とも売れっ子だから、舌は肥えてるのよ」

二三が厨房から出てきて口を添えた。

「ああ、ドキドキする」

つばさが番重の蓋《ふた》を取ると、銀紙でできた大皿二枚に満載のサンドイッチが姿を現した。

つばさがサンドイッチの皿を番重からテーブルに移すと、皐たちは小皿とおしぼりを並べて、すっかり試食会のテーブルは整った。

「ポットにお湯があるから、飲み物はセルフでお願いね」

二三はカウンターを指して言った。パック入りのコーヒーと紅茶の他《ほか》、リンゴジュースも用意した。容器は使い捨ての紙コップだ。

各人好きな飲み物をもってテーブルに着くと、つばさがサンドイッチの説明を始めた。

「まず、冷たい方からご説明します。これは玉子サンド。中身は茹《ゆ》で卵を自家製マヨネーズと塩胡椒《こしょう》で和《あ》えたものです」

玉子サンドはよく見かけるが、鶏卵にもこだわりがあるのか、黄身の色が濃い目だった。

「次は自家製コンビーフサンド。コンビーフが主役なので、味付けはパンに塗った辛子《からし》マヨネーズだけです」

惜しげもなく厚切りのコンビーフが挟んである。見るからに美味しそうだった。

「こちらはスモークサーモンとクリームチーズ、オニオンスライスのサンドイッチです。クリームチーズにはマヨネーズを少し混ぜ合わせて塗っています」

パンは全粒粉なのか、薄茶色をしている。その切り口は、クリームチーズとオニオンスライスの白と対照的に、スモークサーモンのオレンジ色が鮮やかだ。

「次は開《かい》さんのご実家の新鮮野菜を使ったサンドイッチです。平凡ですが、レタス、キュウリ、トマトで作りました」

切り口から覗《のぞ》く緑と赤のコントラストは、見るからに新鮮で美味しそうだった。

つばさの婚約者松原《まつばら》開の家は江戸川《えどがわ》区の農家で、開の兄の団《だん》は野菜の移動販売を営んでおり、はじめ食堂との取引も長い。ちなみに、団は「ラーメンちとせ」の店主千歳と結婚している。

「次は温かいサンドイッチです。まずははじめ食堂さんで揚げてもらったカツなどを使ったカツサンド、ハムカツサンド、そしてハンバーグサンドです」

切り口から覗く豚肉、ロースハム、ハンバーグはいずれも分厚い。トンカツとハンバーグははじめ食堂の定番メニューだが、ハムカツは？

「つばささんがロースハムを買ってきてくれたの。うちはそれを分厚く切って揚げただけ」

二三が説明すると、つばさが先を続けた。

「とりあえず今日は試食会なので、店のメインになる七種類を持ってきました。まずは召し上がって、感想をお聞かせください」

つばさの説明が終わるのを待ちかねたように、一同は各種サンドイッチに手を伸ばした。

二三と一子は玉子サンドを頰張《ほおば》った。粗みじんに刻んだ茹で卵と酸っぱすぎない自家製マヨネーズは、ぴたりと味が馴染《なじ》んで、絶妙だった。まろやかで角がなく、卵の豊かな旨《う》味《ま》がいかんなく発揮されている。食パンはふわりとした軽い食感で、中身を邪魔せず引き立てている。

「これ、本当に美味しい。生まれてから食べた玉子サンドの中でベストワン」

二三に続いて、カツサンドを試食した皐が言った。

「食パン、トーストしてあるんですね」

「はい。テイクアウト用はそのままですが、店で召し上がるお客様には、注文いただいてからトーストして作ろうと思います」

薄くバターを塗ったパンに、中濃ソースと粒マスタードを混ぜたソースにくぐらせたトンカツを挟む。甘辛くスパイシーなソースがトンカツを包み、更にバターの芳醇《ほうじゅん》さが仄《ほの》かに加わって、ご飯で食べるトンカツとは一味違う美味《うま》さが口に広がる。

コンビーフサンドを食べたモニカがため息をついた。

「このコンビーフ、これだけで売り物になるわね。バカうま」

「ありがとうございます」

「このパン、玉子サンドのパンと違うみたい」

「はい。もう少ししっかりした、フランスパンを使ってます。コンビーフがしっかりしてるので、パンもそれに合わせて。温かいサンドイッチも同じパンです」

「これもすごく美味しいわ。スモークサーモンとクリームチーズって、定番かも」

ジョリーンは両手にサンドイッチを持っていた。もう一方の手にはハンバーグサンドがある。

「ハンバーガーはいっぱいあるけど、ハンバーグサンドってあんまり見かけないわよね」

そう呟いてかぶりつき、にんまりと目を細めた。

「ご飯で食べるハンバーグと違う。ハンバーガーとも違う。でもすごく美味しい」

薄くバターを塗ったパンにレタス、ウスターソースとケチャップを混ぜたソースを塗ったハンバーグを重ね、バターを塗ったパンで蓋をする。パンと合わせる具材を変えることで、ハンバーガーとの違いが生まれる。

やがて一同は、サンドイッチ全品の試食を終えた。二三と一子は後半は一切れを半分に切って食べたが、他のメンバーは七品を軽く完食した。初めてつばさのサンドイッチを食べたモニカとジョリーンは、次々に質問した。

「お店、オープンいつですか？」

「今週の金曜日です」

「あら、もうすぐね」

「お休みはいつ？」
「土日祝日定休です」
「良かった。あたしたち買いに行けるわね」
モニカとジョリーンは顔を見合わせてにっこり笑った。そして、ふと気が付いたように
ジョリーンが尋ねた。
「でも、ここら辺タワマンも多いし、土日はランチを買いにくるお客さん、多いんじゃな
いかしら」
「でも、やはり売れ筋は平日だと思うんです。土日祝日は会社がお休みだから、どうして
も」
つばさは迷いのない口調で先を続けた。
「それに土日祝日は、はじめ食堂さんのランチがないので、揚げ物やハンバーグの仕入れ
ができません。サンドイッチは冷たい具材のものだけになります。それなら無理して店を
開けるより、未来の新店舗のための勉強に充てたいんです」
ラーメンちとせの店主である千歳の産休が明けたら、つばさは本格的に自分の店をオー
プンする予定だった。
「元々火を使った調理をしない約束でお店を借りたので、カツサンドやハンバーグサンド
を出せるだけでも、ラッキーだったと思ってます」

事情を知らないモニカとジョリーンに、皐が簡単に説明した。

「ほら、あのラーメン屋さん、前にボヤ騒ぎがあったって話したでしょ。それがトラウマになってて、火を使って調理しないって条件で、テナント探したのよ。そしたら運よく、サンドイッチのお店と出会ったってわけ」

「なるほどね」

「うまくできてるわね」

そこでつばさが、少し緊張した顔で一同を見回した。

「皆さん、うちのサンドイッチは如何《いかが》でしたか。どうぞ、忌憚《きたん》のない意見を仰《おっしゃ》ってください」

二三がさっと手を挙げた。

「私は特別サンドイッチには詳しくないけど、素直に美味しいと思ったわ。特に具材がたっぷり入ってるところが贅沢《ぜいたく》で、素敵」

続いて皐が口を開いた。

「それと、具材とパンの組み合わせが良いですね。柔らかい玉子には柔らかいパン、肉系の具材にはしっかりした食感のパン」

「お店で注文を受けた時は、パンもお客さんの好みで選べるようにするつもりなんです」

つばさは嬉しそうに答えた。

「あたし、お店で食べたくなったわ。トーストしたパンのあったかいサンドイッチって、テイクアウトじゃなくてその場で楽しみたいものね」

ジョリーンはそう言って紅茶を飲み干した。そこへ二杯目のコーヒーを取ってモニカが戻ってきた。

「一ついいかしら」

「はいどうぞ」

つばさの顔が緊張で引き締まった。

「カツサンドとハムカツとハンバーグ、味付けが似てるのよね。カツとハムカツは同じでもしょうがないけど、ハンバーグは少し味付けを変えた方が良くないかしら」

つばさは素直に頷いた。

「そうですよね。私も迷ってたんです。ケチャップソースでいくか、照り焼きソースにするか」

そして吹っ切れたような顔になった。

「やっぱり、照り焼きソースにします」

「絶対受けるわよ。モスバーガーでも人気だもの」

モニカはぐいと親指を立ててから重ねて訊いた。

「ところで、お店の飲み物はどんな種類があるの？」

「コーヒーと紅茶、ホットとアイスで。あとはジュースとコーラ、ウーロン茶。それとコンソメスープ」

「飛行機の機内サービス並ね」

モニカはジョリーンを振り向いた。

「金曜日、つばささんの店でサンドイッチ買っていこうか」

「そうね。ステージ前の軽食にちょうどいいわ」

皐がすかさず言った。

「はい、ご予約二名様です」

「ありがとうございます」

つばさは安心したように頬を緩め、にっこりと微笑んだ。

「……金曜日に開店か。ちょっと前までラーメン屋さんだったのに、あっという間ね」

カウンターに座った菊川《きくかわ》瑠美《るみ》は、焼酎《しょうちゅう》のソーダ割のグラスを手に呟いた。銘柄は「尾鈴《おすず》山《やま》山《やま》ねこ」で、柑橘《かんきつ》系の爽《さわ》やかな香りがする。

「今日の昼、試食会だったんでしょ。どうだった？」

隣の席で辰浪康平《たつなみこうへい》が一子に尋ねた。辰浪酒店の若主人で、はじめ食堂のアルコール飲料はすべて康平の店から仕入れている。瑠美に「尾鈴山　山ねこ」を勧めたのも、もちろん康平だ。

「全部美味しかったわよ。康ちゃんの好きなカツサンド、パンがトーストしてあって、プロの味だと思ったわ」

「イートインコーナーで注文すると、その場で作ってくれるんですって。パンも何種類かある中から選べるし、カツやハンバーグの時はトーストするみたいよ」

二三も厨房から首を伸ばして付け加えた。

「昼飯に買ってみようかな」

康平はグラスに口をつけてから、大げさに顔をしかめた。

「それにしても、ラーメン屋の後がサンドイッチ屋じゃ、うちの儲《もう》けにはなんないな。寿《す》司《し》屋か居酒屋ならよかったのに」

そうぼやいて柿《かき》のカプレーゼに箸を伸ばした。柿とモッツァレラチーズを合わせて、ハチミツを入れた甘みのあるドレッシングをかけ、ミントの葉を散らすと、ワインによく合うつまみになる。

何を隠そう、これは料理研究家菊川瑠美のレシピ本に載っていたレシピなのだ。

「飲食店は増えるんじゃないかしら。月島にまたすごいタワマンが建つんでしょ。商業スペースもできるはずだし」

瑠美も柿のカプレーゼを口に入れた。

「月島だけじゃなくて、佃にも頑張ってほしいよ。タワマンが建っても、月島三丁目からここら辺まで足を延ばす客は、あんまりいないんじゃないかなあ」

「そうとも言えないわ。銀座のテナント料が高くなりすぎて、新富町《しんとみちょう》や八丁堀《はっちょうぼり》に良いお店ができたでしょ。佃も銀座エリアなんだから、新しいお店ができる可能性はあると思うのよね」

タイマーが鳴って、二三は蒸し器からかぶら蒸しを取り出した。今日の中身は椎茸《しいたけ》と鶏《とり》のひき肉だ。蒸し上がりに生姜風味の葛餡《くずあん》をかける。

「熱いから気を付けてね」

康平は器を受け取って訊いた。

「おばちゃん、最近築地《つきじ》はどう？」

「インバウンド、すごいわよ。毎日お祭り騒ぎ」

二三は今朝の光景を思い出した。

「コロナの頃は閑散として、外国人どころか人っ子一人通らないくらいな日もあったのに。今は前よりずっと増えたわね」

築地の通りが外国人観光客であふれ返るなど、十年前には考えられなかった。あの頃は外国人より、日本人の観光客の方が多かったのに。

「お店も観光客向けに色々工夫してるのよ。食べ歩きできるように、卵焼きを小さく切って串《くし》にさすとか、貝を焼いて少しずつ器に盛って売るとか。今じゃもう、仕入れに来る業者より、観光客の方が多いかもしれない」

すべては営業努力のたまもので、店の売り上げが増えるのは良いことだ。しかしその結果、観光客をお客にできる店と、できない店で明暗が分かれた。

「私が買い出しに行ってた干物や冷凍魚を売る店は廃業して、『すしざんまい』と丼物屋《どんぶりものや》さんになっちゃった。日本人のお客さんも、築地に行ったらマグロの刺身や高級活魚を買おうと思ってるから、干物や冷凍魚には興味ないのよね」

「分るわ。築地や豊洲《とよす》って、高級な魚がリーズナブルに買えるってイメージだものね」

瑠美はスプーンでかぶら蒸しをすくって息を吹きかけた。

「そのイメージも、業者が買いに行くから出来上がったんだけどね。豊洲はまだそうでもないけど、築地はもう、完全な観光地だな」

康平がソーダ割を飲み干した。

「おばちゃん、次は何？」

「マッシュルームオムレツ」

二人は他にポテトサラダとはじめ食堂の名物鰯のカレー揚げを注文している。

「お酒、どうする？」

康平は瑠美の方を向いた。

「康平さんは?」

「洋物と揚げ物が続くから、このままでもいいと思うけど」

「じゃ、そうしましょう。この焼酎、爽やかで飲みやすいわ」

「尾鈴山山ねこのソーダ割、お代わり二つね」

二三がソーダ割を作った。ガス台の前では皐がマッシュルームオムレツを作っている。料理修業も順調に進んで、オムレツを作る手つきも鮮やかなものだ。

キノコのつるりとした食感は卵と相性が良い。松茸以外のキノコはほとんど通年で売っているが、旬《しゅん》はやはり秋だ。

「お待たせしました」

皐はオムレツの皿をカウンターに置いた。ケチャップの瓶も添えたが、康平も瑠美も手を出さない。二人はスプーンを握り、オムレツをすくい取った。外側は紡錘形《ほうすいけい》の形を保つだけの固さに焼けているが、中は半熟で、スプーンで割った切り口から黄色い汁がにじみ出した。

「う～ん。おフランスの味」

瑠美が目尻《めじり》を下げてため息をついた。旬のマッシュルームの旨味と卵の円《まろ》やかな味が、芳醇なバターの風味に包まれて、口の中で溶けてゆくようだった。

「私、最近ますます卵が好きになってきたの」

「へえ」

「だって煮る、焼く、蒸す、茹でる、揚げる……色んな調理法ができて、たいていの食材と喧嘩《けんか》しないし、生でも食べられるし、胃に優しくて完全栄養食。おまけに値上がりしたとはいえ、安いのよ」

「料理界のお助けマンみたいなもんか」

「康平さんもそう思わない？」

「思う。この年になるとしみじみ感じる。栄養がある割に重くないのがありがたい。卵喰《く》って胸焼けや胃もたれってないもんな」

「そうなのよ。もし神さまに『牛肉と卵、どっちを地球から消すか、選べ』って言われたら、牛肉って答えるわ」

瑠美は再びスプーンでオムレツをすくい取った。

「牛肉がなくても豚も鶏も羊もジビエもあるけど、卵がなくなったら、代替品がないもの」

康平は感心したような顔でオムレツを口に運んだ。

「言われてみればそうだよな。卵の代わりって、ないんだ」

他愛《たあい》もない話で盛り上がっている二人に遠慮しつつも、二三は口を挟んだ。

「ところで、シメはどうします」

康平と瑠美は急に気が付いたように顔を見合わせた。

「鰯のカレー揚げでご飯セットもできるけど……」

康平は二三の「……」に言外の意味を感じ取った。

「できるけど……何？」

「軽めにうどんもどうかと思って」

「どういうの？」

「豆腐と明太子の和えうどんと、ふわふわ納豆和えうどん」

瑠美が前に身を乗り出した。

「どっちも美味しそう」

「明太子の方は、絹ごし豆腐をマッシュして白出汁《しろだし》と混ぜたふわふわのソースが決め手です。ふわふわ納豆の方は、納豆蕎麦のアレンジだと思ってください」

瑠美が康平の方に顔を向けて、断固とした口調で言った。

「豆腐にしましょう、康平さん」

康平は特に料理に関しては、瑠美に従う事を宗《むね》としているので、すぐさま答えた。

「豆腐の方ください。麺《めん》少な目で」

康平と瑠美が順調に料理を食べ進み、鰯のカレー揚げを完食したところで、二三は豆腐と明太子の和えうどんを出した。

絹ごし豆腐をすり鉢ですって白出汁を混ぜ、茹でて冷水でしめたうどんに載せたら、袋から出した明太子と青ネギの小口切りをトッピングし、レモン汁を絞る。とろろとは違う食感の豆腐がしっかり麺に絡むと、明太子の辛味が冴《さ》えて、炭水化物を引き立てる三重奏が生まれる。

二人が軽快にうどんを啜《すす》り込んでいると、新しいお客さんが入ってきた。

「おじさん、いらっしゃい」

佃で三代続く鮮魚店魚政《うおまさ》の大旦那《おおだんな》、山手《やまて》政夫《まさお》だった。つい先日急に産気づいた千歳を、魚政のライトバンに乗せて産院まで搬送した功労者だ。

山手は康平と瑠美に会釈して、ゆっくりとカウンターに腰を下ろした。動きが少し大儀そうだった。それに表情が冴えない。

「政さん、飲み物は生ビール？」

カウンターの端から一子が訊いた。

「……そうさな」

山手は胃の辺りに手を当てた。

「ビールは腹が膨れるからな」

「おじさん、翠露《すいろ》の純米吟醸《ぎんじょう》なんかどう？　スッキリ爽やかで飲みやすいよ」

康平が声をかけた。

「かぶら蒸しと合わせると良いと思うよ。胃にもたれないから」

「餅は餅屋、酒は酒屋だな。いっちゃん、それで」

皐がおしぼりとお通しの自家製なめたけを運んでいった。

「山手のおじさん、千歳さんのラーメン屋さん、サンドイッチ屋さんに衣替えして、この金曜日に開店なんです」

「ほう。そりゃめでたい」

「お昼に試食したんですけど、玉子サンドとっても美味しかったです。いつか、食べてみてくださいね」

「ああ、楽しみだ」

皐が厨房に下がると、一子が翠露のデカンタとグラスを運んできた。

「政さん、どっか具合悪いの？」

グラスに酒を注《つ》いで、一子は心配そうに山手の顔を覗き込んだ。

「そういうわけじゃないが、どうも今日は食欲がなくて、朝も昼もあんまり食わなかった。今になって小腹が空いたんで、せっかくだから一杯やろうかと思って」

「そう。それはありがとう」

一子はカウンター越しに二三を見た。

「かぶら蒸しは消化が良いし、胃に優しいわね」

二三は頷いてから山手に言った。

「おじさん、シメに特製TKG食べない？」

「なんだ、そりゃ」

「卵かけご飯。今や日本が世界に誇る一品よ。外国の人たちも食べてるわ」

山手は顔をしかめて首を振った。

「俺《おり》ゃあ、黄身はともかく白身の生はダメなんだ。白身の生のズルっとしたのが気色悪くてな。昔から月見蕎麦は好きだが、卵かけご飯はどうも」

二三はにんまりと笑いかけた。

「大丈夫。おじさんの好みを知らない私じゃないわよ。白身も黄身も半熟とろとろの、絶品卵かけご飯作るから」

山手は初めて興味を引かれたように、ピクリと瞼《まぶた》を動かした。

「そうか。ふみちゃんにそこまで勧められたら、もらわないとな。俺の男が廃るってもんだ」

二三はちらりと横目でタイマーを見た。あと三分で蒸し上がる。

「もうすぐかぶら蒸しできるから、それで下地を作っといてね」

「かぶら蒸しで下地たあ、聞いたことねえ」

山手は軽口を叩《たた》いたが、内心嬉しそうだった。

「ああ、うまかった」

康平がおしぼりで口の周りを拭《ぬぐ》うと、皐がすぐに食後のほうじ茶をサービスした。

「おばちゃん、おじさんの特製ＴＫＧ作るとこ、見てって良い？」

「どうぞ、どうぞ」

かぶら蒸しが出来上がると、山手は一匙《さじ》ずつ慎重に冷ましながら、ゆっくりと口に運んだ。合いの手の翠露も舐《な》めるようにちびちびと飲んだ。

若い頃の豪快な食べっぷりと飲みっぷりを知っている一子は、それを見て寂しいような可愛《かわい》いような、不思議な感慨に包まれた。自分だって十二分に歳《とし》を取っているのに、他人の老いを感じるのはどういう神経の仕組みなのだろう。

二三は特製ＴＫＧに取り掛かった。

まず鍋《なべ》に湯を沸かして軽く沸騰させる。次にボウルに卵を割り入れ、牛乳とバター、塩を加えて混ぜたら、それを鍋に浮かせて湯煎《ゆせん》にする。ゴムベラで端から剝《は》がすように混ぜてゆき、お湯ではなく蒸気で間接的に熱を加えるようにすると、驚くほど滑らかな舌触りになる。

すべてが半熟の、固体と液体の中間くらいの固さのスクランブルエッグになったところで、二三はボウルを湯煎から降ろした。

丼に軽くご飯をよそい、その上にカレールウくらいのとろみのついたスクランブルエッグをかけ、バターを一匙トッピングした。

「はい、おじさん。特製TKG」

二三は山手の前に丼を置いて、スプーンを添えた。湯気と一緒にバターの香りが漂ってくる。

康平も瑠美も、黄色く輝く丼を凝視した。

「塩気控えめだから、ちょっとお醤油《しょうゆ》垂らすと美味しいわよ」

山手はじっと丼を見つめ、ごくんと喉《のど》を鳴らした。

「こいつは美味そうだ」

まず一匙味を見て、醤油を控えめに垂らした。それからはスプーンを持つ手が止まらないという感じで食べ進んだ。

「ああ、たまらねえ」

山手は半分ほど食べたところで一息ついた。

「こいつぁ、卵かけご飯というより和風オムライスだな」

山手はスプーンを置き、皐が気を利かせてサービスした温《ぬる》めのほうじ茶を啜った。

「ケチャップご飯より、白飯の方が卵の味がよく分る。大したもんだぜ、いっちゃん」

山手の食べっぷりに、一子は嬉しくなった。

「これ、うちの定番にしようか、ふみちゃん」

「そうね」

瑠美と康平は即座に反応した。

「私も次は、シメにこれ食べたい」

「俺も」

「まかせなさい」

二三はドンと胸を叩いた。

「おばちゃん、それ、万里《ばんり》入ってる」

「バレたか」

はじめ食堂に小さな笑いの輪が広がった。


金曜日の朝、二三と一子はいつもより十五分早く食堂に降りた。つばさに依頼されたカツ類とハンバーグを仕上げるためだ。

ガスオーブンの予熱を開始し、鍋に油を入れて熱した。衣付けやハンバーグの成形は、昨日の夜営業の間に済ませておいたので、あとは揚げるだけ、焼くだけだ。揚げ物は一子が、ハンバーグは二三が担当する。

「おはようございます」

皐がやってくる頃には、カツもハンバーグも出来上がっていた。

「さっちゃん、これ、つばささんの店に届けてくれる?」

「はい」

皐はカツとハンバーグを入れた容器を抱え、通りに出て行った。

二三は米を計ろうとして、ふと一子を振り返った。

「お姑《かあ》さん、疲れない?」

「全然」

一子は両腕を伸ばして伸びをした。

「準備体操した感じ。エンジンがあったまったわ」

二三は米を研ぎ始め、一子は味噌汁の準備を始めた。

「ただいま」

皐が戻ってきて、白衣と前掛けを身につけながら言った。

「つばささん、すごく喜んでましたよ。玉子サンドとかはもう、全部出来上がってました。張り切ってるんですね」

「そりゃ、初日ですもん」

一子がネギを刻みながら言った。

「今日の賄《まかな》いに買いに行こうか」

「そうね。開店祝いに」

それからいつものように開店準備が始まり、十一時半に店を開けたときは、お客さんが五人、表で待っていてくれた。

今日の日替わり定食はハンバーグ一択で、おろしぽん酢とデミグラスソースが選べる。焼き魚は文化サバ、煮魚はカジキマグロ、ワンコインは親子丼、カツカレー、オムカレー。小鉢は無料がひじきの煮つけ、五十円プラスで雷豆腐。味噌汁はエノキ・しめじ・椎茸のキノコ汁、漬物は一子手製のカブの糠漬け（葉付）。そしてドレッシング三種類かけ放題のサラダが付き、ご飯と味噌汁はお代わり自由。これで一人前七百円とは「もってけ、ドロボー」と言いたくなる二三だった。

「サンドイッチ屋さん、どうでした？」

皐は早速テーブルに着いたお客さんに訊いてみた。

「お客さん、入ってたよ。今日開店なんだよね」

「行列ってほどじゃないけど、お客さん来てたわ」

皐は厨房に向かって、親指と人差し指で丸を作って見せた。

二三は一子と顔を見合わせ、心の中で「良かったね」と言い合った。はじめ食堂もカツ類とハンバーグを提供しているので、売り上げには責任の一端を感じている。

「さっちゃん、十月はハロウィンでしょ。今年もなんかやるの？」

ご常連のワカイのＯＬが訊いた。一月の七草がゆに始まり、十二月のクリスマスメニューまで、ちょっとした工夫でサービスするのは、はじめ食堂の恒例行事だ。

「もちろんです。まだ内容は決まってないですけど」

「やっぱりカボチャでしょ」

「《ほうとう》はなしよね。ベタ過ぎだもん」

「スーパー行くと、もうカボチャのデザート売ってるわよ。プリンとかロールケーキとか」

「ひなまつりが近くなるとそれが桜になるのよね」

四人でやってきた女性たちは、思い思いにおしゃべりを始めた。

それをちらりと目の端で見て、よい傾向だと二三は思う。お客さんたちがおしゃべりに興じている店は、良い店だ。会話が弾むのは機嫌が良いからだ。人は美味しいものを食べると機嫌が良くなり、不味《まず》いものを食べると機嫌が悪くなる。そうすると無口になる。

はじめ食堂のランチタイムはにぎやかだ。調理する音、食器の触れ合う音、注文を通す皐の声、それにお客さんたちの話し声、笑い声が混じって、BGMのように食堂全体を包み込む。

見た目と匂《にお》いはもちろん、音も食欲を刺激するのだと、食堂のおばちゃんになってから、二三はしみじみ感じるようになった。

一時を過ぎると、十一時半、十二時、十二時半と三回に渡って押し寄せたお客さんの大波が引き始める。一時二十分にはほとんどの席が空になった。

「こんにちは」

そこへ野田梓と三原茂之が現れた。二人とも長年のランチのご常連で、いつも混雑を避けて遅い時間に訪れる。

「いらっしゃいませ」

皐がおしぼりとほうじ茶を盆に載せながら尋ねた。

「サンドイッチ屋さん、どうでした？」

「盛況だよ。店の外に二〜三人立ってたから」

「前のラーメン屋さんも繁盛してたし、あそこ、場所が良いのかしらね」

梓と三原は、それぞれいつものテーブルに腰を下ろした。

「場所より内容じゃないですか」

皐が梓のテーブルにおしぼりとほうじ茶を置いた。

「それがね、場所ってあるのよ。不動産屋のお客さんに聞いたんだけどね……」

某有名大学の正門のはす向かいの一等地で、どんなテナントが入っても三年続かずに撤退する場所があるという。

「ラーメン屋、喫茶店、ブティック、趣味の雑貨店……業種が変わっても全然だめで、早い店は三か月でやめちゃったって。あ、あたし、ハンバーグおろしぽん酢」

「僕も同じで。野田さんの言う通り、そういう話は聞いたことあるよ。あれは何だろうね。地霊なのかな」

二三がカウンターから首を伸ばした。

「お二人とも、一度食べてみてください。カツサンドとハムカツサンドとハンバーグサンドは、うちが中身を作ってるんです」

三原は頷いてほうじ茶を啜った。

「じゃあ、明日の朝飯用に買って帰ろうかな」

「あたし、土曜のランチにしようかしら」

「野田ちゃん、残念。土日祝日定休だって」

「そうか。……じゃ、夕飯用に買うわ。あたし、メインはここのランチだから」

地元のお客さんが増えてくれますように、と二三は心の中で思った。サンドイッチやパンはわざわざ遠くへ買いに行くものではない。家の近所や会社の近くの店で買うのが普通だろう。そこに美味しい店があれば、リピート率は上がる。

そんなことを考えていると、入り口の戸が開いて、思いがけない人物が駆け込んできた。

「奥さん、すみません、両替させてくれませんか！」

つばさの母、五十鈴《いすず》だった。エプロン姿に三角巾《さんかくきん》、手には十枚ほどの千円札を握っている。

「お釣り、用意してきたんですけど、足りなくなって」

「良いですよ。どのくらい？」

「すみません。十円と百円を、二本ずつ」

二三はすぐさまレジを開け、ストックしていた小銭の包みを取り出した。

「昨日、銀行で両替したばかりなんで、足りなかったら言ってください」

「ありがとうございます！」

五十鈴は片手拝みをして、小走りに店を出て行った。

「あの様子じゃ、スタートダッシュ、大成功ね」

梓は入り口を振り返ってから、二三に言った。

「ホント。私たちが行くまでに売り切れないと良いんだけど」


二時前にお客さんは誰もいなくなった。二三と一子と皐は店に鍵《かぎ》をかけ、「準備中」の札を下げて、つばさの店に向かった。

「ラーメンちとせ」の看板は「サンドイッチのつばさ」に変わっていた。パステルカラーで何枚も羽根を描いた上に、鮮やかなコバルトブルーで店名が大書されている。いかにもサンドイッチ屋に相応《ふさわ》しい、柔らかな印象の看板だった。

「いらっしゃいませ！」

三人が店に入ると、嬉しそうなつばさの声が飛んだ。

店頭に三人、カウンターには二人お客さんがいて、つばさはカウンターの中で、お客さんの注文に応じてサンドイッチを作っていた。

五十鈴はテイクアウトのお客さんの応対をしている。

「ありがとうございました」

お客さんにサンドイッチを入れた袋と釣銭を手渡した。

「今日は、お手伝いですか」

一子が尋ねると、五十鈴は首を振った。

「パートです。売り子なら私でもできますからね」

「パート代は出世払いにしてもらいました」

つばさはにやりと笑って五十鈴を見た。五十鈴も微笑み返す。

「え〜と、カウンター、良いですか？」

「どうぞ、どうぞ」

三人はカウンターに腰を下ろした。どうせなら出来立てのサンドイッチを食べたい。

「お飲み物は？」

五十鈴が飲み物のメニューを差し出した。「手作り野菜スープ」と「手作りカボチャポタージュ」が目に入った。

試食会では聞いていないメニューだ。

「これは、五十鈴さんがお作りに？」

「はい。サンドイッチは門外漢ですけど、スープ作りは得意なんです。だから娘に言って、メニューに加えてもらったんです」

「それじゃ、私、カボチャのポタージュください」

「あたしは野菜スープ」

「私も同じで」

五十鈴は自宅でスープを作り、保温容器に入れて店に持ってきて、注文があると電子レンジで温めて出していた。

サンドイッチのメニューを開くと、まず四種類のパンの写真があって、それぞれの特徴が書いてある。白いふんわりした食パン、全粒粉を使ったもっちりした食感のパン、ライ麦パン、太くて短いバゲットのような形のバタールというフランスパン。続いて様々なフィリング……挟む具材の紹介。

「こんなにたくさんあると、決められないわね」

二三は少々戸惑って一子を見た。

「あたしはこの白いふわふわパンで玉子サンド」

するとは皐が後に続いた。

「スモークサーモンとクリームチーズを、ライ麦パンで」

二三も思い切って的を一つに絞った。

「私はカツサンド。全粒粉のパンで」

先に来ていた二人のお客が席を立った。

「ごちそうさま。すごく美味しかった」

「せっかくだから、お土産《みやげ》に買っていく？」

「そうね」

二人はそれぞれにサンドイッチを三種類買い、帰っていった。

「どうぞ」

五十鈴は三人にカップに入れたスープを出した。

「美味しい」

誠実に作った家庭のスープは、インスタントとは趣が違う。

「このスープも、お店の売りになるんじゃありませんか」

皐が言うと、五十鈴は嬉しそうに礼を言って、レジの横に置いた丸椅子《まるいす》に腰をおろした。

一日立ちっぱなしはきつい。五十鈴はすでに還暦を過ぎているはずだから、休めるときは休んだ方がいい。それが不自然に見えないのは、母子《おやこ》なればこそだろう。

「何もかも初めてで、試行錯誤なんです。この店でいっぱい経験して、次の店に生かそうと思ってます」

つばさは一子の玉子サンドを皿に盛って言った。

見れば、売り場のサンドイッチは残り少なくなっている。まだ二時過ぎなのに、大したものだ。

「五十鈴さんも大変ですね」

「嬉しいですよ。定年退職したら少し気が抜けちゃったんですけど、娘の役に立ってると思うと、気持ちに張りが出ます。それに、自分が作ったスープを売れるなんて、夢みたいで」

その通りだ、と二三も思う。それはすなわち「現役」ということだ。定年退職して趣味に打ち込むのも楽しいだろうが、やはり現役の緊張感は、気持ちを奮い立たせてくれる。一子が実際の年齢よりずっと元気で若々しいのも、現役の食堂のおばちゃんなればこそだろう。

「頑張ってくださいね。この店、これからどんどん忙しくなりますよ」

五十鈴もつばさも「ありがとうございます」と声を揃《そろ》えた。

その日、夜営業の店を開けたはじめ食堂を一番に訪れたのは、つばさと五十鈴親子、そして五十鈴の兄である時代小説家足利省吾《あしかがしょうご》だった。

「まあ、先生もお揃いで」

三人で店に入ると、つばさが指を四本立てて言った。

「あとから開さんが来るんで、四人になります」

「はい。どうぞ、お好きなお席に」

三人はカウンターに近いテーブル席に腰を下ろした。

「お店、結構早く営業終了したんですね」

皐がおしぼりの用意をしながら言った。

「四時半に、テイクアウトの品が売り切れになったの。イートインの分は少し残ってたから、五時まで開けて、いらしたお客様に対応したんだけど」

「すごいわ。もうすぐ行列のできるサンドイッチ屋さんね」

一子がテーブルに近寄った。

「皆さん、お飲み物は何になさいますか？」

「つばさ、今日は開店祝いだ。何にする？」

「スパークリングワイン！」

二三がカウンターから首を伸ばして言った。

「イタリアのヴィッラ・サンディ・プロセッコは如何ですか？　シャンパンより売れてる

スパークリングワインですって」

もちろん、このセリフは康平の受け売りだ。

「それにします。一本開けてください」

つばさがはしゃいだ声を出した。

「お母様とご一緒なら、先生も安心ですね」

一子が優しく言うと、足利は大きく頷いた。

「まったくです。それに、サンドイッチの評判も良かったそうで、ホッとしました」

つばさがメニューを手に取った。

「お料理は……」

「開さんが来てからの方が良いんじゃない？」

「大丈夫。私と好み、同じだから」

「それは開さんが合わせてくれてるのよ」

五十鈴はそう言って足利を見た。その顔には半ば呆《あき》れつつも、微笑ましく思っている心情が表れていた。

「でも、鰯のカレー揚げはいただこう。ここの名物なんだ。生まれてから食べた鰯料理の中で、一番美味かった」

「柿のカプレーゼと、戻りガツオのビネガーサルサソースください」

つばさは注文してから付け加えた。

「どっちもオードブルだから、先に注文しといて大丈夫よ」

皐はテーブルにグラスを四脚並べ、ヴィッラ・サンディ・プロセッコの栓を抜いた。

ちょうどそこへ、松原開が入ってきた。

「遅れてすみません」

「ちょうどいいタイミングだよ。スパークリングワインの栓が開いたところだ」

足利は開に向かって微笑んだ。

開はつばさの隣に座り、四人は乾杯のグラスを合わせた。

「サンドイッチのつばさ、開店おめでとう！」

その声に、二三はふっと幻のようなものを見た。佃大通りに、新しい店舗が次々にオープンする光景……まるで翼を広げるように。

「つばささんのお店、うんと流行《はや》ると良いね」

二三の見た幻想を知るはずもないが、一子も遠くを見る目になって答えた。

「大丈夫よ。翼があるんだもの」

第二話

すてき、トンテキ！

入り口のガラス戸が開き、欧米系の男性が顔を覗《のぞ》かせた。大柄でキャップをかぶり、リュックサックを背負っている。明らかに観光客だ。

テーブルについていたお客さんは一斉に振り返り、何事かと訝《いぶか》った。ランチタイムのはじめ食堂にインバウンドのお客が訪れるとは、いかにも場違いだった。

「エクスキューズミー」

すぐさま皐《さつき》が応じた。

「イエス、ハウメイアイヘルプユー?」

どうなさいました、というような意味だ。元は六本木《ろっぽんぎ》のショーパブの売れっ子ダンサーであり、外国人客も多かったので、片言の英会話くらいはできる。

『この通りにラーメンの店があるはずなんだけど』

観光客は困ったような顔で背後を指さした。ラーメンちとせにはインバウンドのお客も訪れていたので、リピーターか、あるいは口コミで訪れたのだろう。

『オーナーが産休に入って、今はサンドイッチの店になりました。半年か、もう少し後には、またラーメン店として復活する予定です』

観光客は残念そうに何かつぶやき、首を振った。

『サンドイッチも手作りで、美味《おい》しいですよ』

「ドウモ、アリガト」

観光客は軽く片手を上げて、店を出て行った。

「さっちゃん、すごい。英語しゃべれるんだね」

四人で来店したワカイのＯＬが、尊敬のまなざしで言った。

「ほんの片言ですよ」

「通じるんだから大したもんだわ」

「え～と、ご注文は」

皐に促されて、四人の女性は次々に注文を口にした。

「私、肉野菜炒《いた》め。小鉢プラスで」

「私、豆腐ハンバーグ。同じく小鉢付き」

「オムカレー定食セット、小鉢プラスね」

「煮魚定食、小鉢付き」

皐は正確に復唱して厨房《ちゅうぼう》の二三《ふみ》と一子《いちこ》に注文を通した。

「でも、英語ならうちの二三さんの方がすごいですよ」

「おばちゃんが？」

皐は得意そうに頷《うなず》いた。

「元大東《だいとう》デパートの衣料品バイヤーだから、バブルの頃《ころ》は世界を股《また》にかけて飛び回ってたんです」

「すご～い。知らなかった」

「おばちゃんなんて呼んだら悪いかしら」

二三はカウンターから首を伸ばした。

「おっちゃんじゃなければ良いわよ」

客席に笑いの輪が広がった。

今日のはじめ食堂のランチメニューは、日替わりが肉野菜炒めと豆腐ハンバーグ、焼き魚が鯵《あじ》の干物、煮魚が赤魚、ワンコインが牛丼《どん》、カツカレー、オムカレー。小鉢は冷奴《ひややつこ》、五十円プラスで豚肉と白滝の生姜《しようが》煮。白滝はもちろん、築地《つきじ》場外の花岡《はなおか》商店の品だ。味噌汁《みそしる》は長ネギと油揚、漬物は一子手製のカブの糠漬《ぬかづ》け（葉付）。ぬか床は嫁入り以来丹精しているヴィンテージもの。

これにドレッシング三種類かけ放題のサラダがついて、七百円。ご飯と味噌汁はお代わり自由。しかもできる限り季節の食材を取り入れて、手作りを心掛けている。

中央区《ちゅうおう》佃《つくだ》でこのグレードでこの値段は、もはや都市伝説の域に達していると、二三は大いに自負しているのだった。

「ここに来る途中、サンドイッチ屋さんから外国人のカップルが出てきたわよ。見るからにインバウンド」

皐が今日の出来事を話すと、野田梓《のだあずさ》が言った。

「ラーメン屋さんも外国人客が並んでたから、今度の店も海外のお客さんが来るんじゃないかな」

おしぼりで手を拭《ふ》きながら三原茂之《みはらしげゆき》が言った。

時刻は一時二十分で、十一時半の開店から、三回にわたって寄せてきたお客さんの波もすっかり引いて、客席は遅いランチの常連である二人だけになった。

「そうね。場外じゃ外国人観光客が、おにぎり食べながら歩いてるもん。サンドイッチならもっと抵抗ないわ」

二三が言うと、梓が額に人差し指を当てた。

「確か、この前の東京オリンピックの時、外国人記者がコンビニの玉子サンドが美味しいって、SNSに上げたのよ。あれで日本の玉子サンド、結構バズったはず」

「そう言えば要《かなめ》が、今、インバウンドのお客さんにカツ丼が人気だって言ってたわ」

要は出版社に勤める二三の一人娘だ。

「ニュースでやってましたけど、日本のカレーも外国人に人気あるんですって。インドのカレーみたいに辛くなくて、マイルドで食べやすいって」

皐が梓の煮魚定食をテーブルに置いて言うと、三原が思い出したようにつぶやいた。

「新聞のマンガ欄に、沖縄のＣｏＣｏ壱番屋《いちばんや》に米兵が大挙してやってきて、みんなカツカレー食べたっていうのがあったな」

それは毎日新聞に連載されている西原理恵子《さいばらりえこ》の人気漫画「りえさん手帖《てちょう》」に登場するエピソードだ。

「長生きはするもんですね。あたしたちが普通に食べてる食べ物が、世界中で人気になるなんて」

一子が若い頃、外国人が好むと言われた日本食は「すき焼き・天ぷら・しゃぶしゃぶ」で、日本人の感覚でも高級なイメージがあった。だがラーメンやカレーライス、サンドイッチは、庶民の日常的な食べ物だ。それも、元はと言えば外来の……。

「でもおばさん、ハンバーガーやピザも庶民の食べ物よね。それが世界中で人気なんだから、日本の庶民の味が受けたって、おかしくないわよ」

「そう言われれば、そうねえ」

梓の説明で、一子も大いに腑《ふ》に落ちた。

「大体、昔は生で魚を食べるなんて野蛮だって言われてたのに、今やＳＵＳＨＩは世界中で大人気でしょ。時代は変わったのよ」

二三は腕組みをして宙を見つめた。

「居酒屋と定食屋もブームにならないかなあ。そしたらうちの店も、インバウンドのお客さんが来るんだけど」

「そしたら二三さん、インバウンドは値段三倍でも大丈夫ですよ。二万円の海鮮丼を『安い、安い』と喜ぶそうですから」

「三原さん、本気で考えちゃいますよ」

そう答えながらも二三は頭の隅で「二倍ならイケるかも」と、ちらりと考えた。

すると梓が大げさにため息をついた。

「あ～あ、隔世の感よねえ。池波正太郎《いけなみしょうたろう》晩年のエッセイ『ル・パスタン』は、確か一九八九年の作品だったけど、フランスとイタリアへ旅行した時の事を書いてあって」

それは池波にとっても最後の海外旅行になった。

「とにかくフランスは食べ物が安くて美味しくて量が豊富だって、あちこちに書いてあるの。同じものを東京で食べたら、二倍から五倍はするだろうって」

当時はまだバブルの威光が輝いていた。

「それが今や日本が外国から『安い』って驚かれる国になったのよね。なんだか寂しいわ」

「同感よ」

二三も梓に合わせてため息をついた。

「考えてみれば私たち、生まれてから三十過ぎるまで、日本はずっと右肩上がりだったのよね。ロックフェラーセンターは買収したし、東京二十三区の地価でアメリカ全土が買えるなんて、景気の良い試算があってさ……」

一子はちらりと皐を見た。皐も一子の目を見返し、小さく微笑《ほほえ》みを交わした。言葉にせずとも、二人の顔には「また始まった」と書いてある。

「要の初任給、私の初任給と変わらなかったのよ。あれ見た時はさすがにヤバいと思ったけど」

二三は頭を左右に振った。

「でも、お陰でうちは三十年以上、値上げしないでやってこれたのよね」

「そうそう。お陰さまで助かってるわ」

「それは見方を変えれば、日本は三十年間デフレ状態だったってことです」

三原が落ち着いた声で言った。

「しかし、それも終わったな。経済も動き出してきた。もう昔のような高度経済成長は無理だけど、上向き傾向が続くと思いますよ」

「諸物価、値上がりしてますもんねえ」

仕入れ値が上がるのは困る。しかしお客さんの給料や収入が上がっていけば、値上げも可能になる。

「せっかくお札も新しくなったんだから、景気良くなってほしいわ」

「まったくよ」

二三と梓は顔を見合わせて苦笑した。

「あたしたち、最近会話が愚痴っぽくない？」

「感じる。年のせいかしら」

「急に年取ったわけじゃないのに、いやねえ」

一子がカウンターの端から、からかうように声をかけた。

「大丈夫よ、二人とも。これからますます年は取るから」

「そうそう」

三原が自信に満ちた声で応じた。

「二人とも、まだ先は長い。これからだよ」

賄《まかな》いを終えて、皐ははじめ食堂を後にした。中学校の同級生だった赤目《あかめ》万里《ばんり》の厚意で、夕方まで無人の家を休憩時間を過ごすために使わせてもらっているのだ。

この日は通りに出て、一瞬足を止めた。あちこちにポリ袋や紙コップが落ちている。普段はこんなことはなかった。

皐は目の届く範囲でポリ袋と紙コップを拾い集めた。明らかに「サンドイッチのつばさ」のテイクアウト品だ。ほんの少し迷ったが、ゴミを抱えてつばさの店に顔を出した。

「あら、皐さん、いらっしゃい」

つばさの母の五十鈴《いすず》が、愛想よく言って会釈した。幸い、店にはイートインコーナーにお客さんが二人いるだけで、五十鈴は手が空いていた。

「五十鈴さん、これなんですけど」

皐がゴミを見せて簡単に説明すると、五十鈴は眉《まゆ》をひそめた。

「まあ、ご迷惑をおかけして、すみませんでした」

ゴミを受け取って店内のゴミ箱に捨てた。

「皐さん、ありがとう。全然気が付かなくて」

カウンターの中にいたつばさも頭を下げた。

「店の前にゴミ箱を置いて、『ゴミはここに捨ててください』って英語でも書いておいた方がいいですよ。これからインバウンドのお客さんももっと増えると思うから」

「はい。気を付けます。言われてみれば、今日は外国のお客さんがグループで何組か見えたんです」

五十鈴はカウンターを振り返り、つばさと頷き合った。

「お忙しいところ、お邪魔しました」

皐は店を出て、佃大通りを反対方向へ歩いた。

この通りで食べ物を扱う店はサンドイッチのつばさ、はじめ食堂、魚政《うおまさ》の三軒しかない。商店街ではなく住宅街だ。「お互いさま」は通用しない。通り沿いの家の住人に迷惑がられたら、店は立ち行かなくなる。少しでも近所迷惑になりそうな案件が生じたら、早めに解決するに限るのだ。

二時間後、皐が再び佃大通りに戻ってくると、通りにゴミは散らかっていなかった。念のためにサンドイッチのつばさに足を延ばしてみると、店の前に厨房で使っていたらしいポリバケツが置かれ、ボール紙に「Please place your waste here」と書いて貼《は》ってあった。wasteはゴミの意味だ。

これなら大丈夫ね。

皐は心の中でつぶやいて、はじめ食堂へ急いだ。

午後営業の始まる五分前に、入り口の戸が細めに開いた。

「ごめんください」

「今日は、すみませんでした」

入ってきたのはつばさと五十鈴だった。手には紙の袋を提げている。二人は皐の前に進んで、頭を下げた。

「今朝、団《だん》さんから仕入れたんです。召し上がってください」

差し出された紙袋には、大きくて美味しそうなふじリンゴが三個入っていた。

「ありがとうございます。いただきます」

皐は素直に紙袋を受け取ってから、恐縮して言った。

「でも、もうこんなに気を使わないでくださいね。こちらも食堂ですから、お互いさまです」

皐から事情を聴いていたので、二三も口を添えた。

「その通りですよ。前は佃に外国人のお客さんが来るなんて、考えられませんでしたものね」

五十鈴は大きく首を振った。

「この子も私も商売は初めてで、分らないことだらけです。お宅様のような先輩がご近所で、どんなに心強いか分りません」

「私たちが気が付かないことがあったら、どうぞ、遠慮なく仰《おつしや》ってください」

つばさも五十鈴に続き、二人は口を揃《そろ》えた。

「これからも、よろしくお願いします」

「こちらこそ、よろしくお願いします」

店にいた全員が、キチンと頭を下げた。

二三はエールを交換しあったような気持ちになった。今や佃大通りで正確な意味での同業者は、この二軒だけなのだ。

「二三さん、一子さん、一個ずつ山分けしましょう」

つばさと五十鈴が出ていくと、皐が言った。

「あら、ありがとう。悪いわね」

二三はリンゴを一個手に取り、改めて見直した。

「リンゴを使った料理って、ないかしらね」

「料理ですか。お菓子系なら色々あると思いますけど」

「今夜瑠美《るみ》先生がいらしたら、訊《き》いてみようか」

一子の提案に二三は即座に納得し、入り口にかけた「準備中」の札を裏返して「営業中」にした。


「リンゴの料理レシピ……」

その日、辰浪康平《たつなみこうへい》とともに口開けの客となった菊川《きくかわ》瑠美は、眉間《みけん》にしわを寄せた。

「咄嗟《とっさ》に思いつくのは、リンゴを使ったサラダ各種ね。リンゴとセロリ、リンゴとさつま芋、リンゴ入りのポテトサラダ……。後はリンゴとセロリのキーマカレーとか」

「やっぱ、普通に喰《く》ったりデザートに使ったりした方がいいんじゃない？」

カウンターの隣に座った康平が言った。

「康平さんに賛成。料理研究家としてはマズいかもしれないけど、日本のリンゴって美味しいのよ。そのまま食べるのが一番」

瑠美はそう言ってグラスを傾けた。二人が飲んでいるのは康平お勧めのスパークリングワイン《ヴーヴ・アンリ》。きめ細やかな泡立ちの辛口で、料理を引き立てる味だ。お通しははじめ食堂の定番ポテトサラダ。

「私が子供の頃と比べると、リンゴ、美味しくなりましたよね」

二三が子供の頃、市場に出回っているリンゴは紅玉《こうぎょく》と国光《こっこう》、印度《いんど》の三種類だった。

「そのうちスターキングデリシャスが登場して……。あれは蜜《みつ》入りは美味しかったけど、蜜が入ってないと大根みたいで。そこ行くと、ふじは優秀ですね。どれも外れがなくて」

「昔、西《にし》君のおうちから紅玉を箱で送ってもらってね。デザートに焼きリンゴを作って出したもんよ」

一子も紅玉から思い出が蘇《よみがえ》った。西亮介《りょうすけ》は青森出身で、亡夫孝蔵《こうぞう》に拾われて料理の勉強を始めた。洋食を志していたが後にラーメンに転向し、「西一《にしいち》」という一大ラーメンチェーン店を築いた。今は引退して、子ども食堂のボランティア活動に励んでいる。

「紅玉は酸味が強いから、今でもアップルパイやジャムにするにはぴったりなんです」

瑠美が言うと、康平が数えるように指を折った。

「つがる、秋映《あきばえ》、王林《おうりん》、ジョナゴールド……後なんだっけな。とにかく今売ってるリンゴ、全部美味《うま》いよ」

「リンゴだけじゃないわよ。日本のフルーツ、どれも超美味しいわ。外国とはレベルが違う感じ」

そこへ皐が最初の料理、戻りガツオのサルサソースを運んできた。

サルサソースは玉ネギ・トマト・ピーマンをみじん切りにして、オリーブオイルとタバスコ、レモン汁、塩胡椒《こしょう》で和《あ》えたソースで、メキシコ料理によく使われる。しかし、戻りガツオの刺身にかけて香菜《シャンツァイ》を散らすと、臭みが消えてカルパッチョ風味で食べられる。

「すてき。スパークリングワインにぴったり」

康平と瑠美は同時に箸《はし》を伸ばし、カツオを口に入れて目を細めた。

「でも、せっかく品種改良したシャインマスカット、中国と韓国に苗が流出しちゃったんですよね」

皐が言うと、ヴーヴ・アンリを一口飲んだ瑠美が人差し指を立てて左右に振った。

「ところが、上手《うま》く育てられなくて、大量に廃棄してるみたいよ。ネットに動画が上がってたわ」

「あ、俺《おれ》もそれ、見た」

康平は瑠美と自分のグラスにヴーヴ・アンリを注《つ》ぎ足した。

「びっくりしたのは、大量のシャインマスカットを川に捨ててたことだよ。日本じゃあり得ないよな」

「私も見てて心配になったわ。環境汚染とか、大丈夫なのかしら」

そこへ、新しいお客さんが入ってきた。

「おじさん、いらっしゃい」

魚政の大旦那《おおだんな》、山手政夫《やまてまさお》だった。日《ひ》の出湯《でゆ》でひと風呂《ふろ》浴びてきたのか、顔がてかてか光っている。

「まずは生ビール、小」

山手はカウンターの、康平たちと一つ置いた席に腰を下ろした。

「今日、政さんの店で仕入れた戻りガツオがあるわよ」

一子がカウンターの端から言うと、山手は嬉《うれ》しそうに頰《ほお》を緩めた。

「そりゃ楽しみだ。うちの品に間違いはねえ」

「普通に生姜醬油《じょうゆ》で食べる？　それとも康平さんたちみたいにサルサソースで食べる？」

「サルサといやあ、かけるもんじゃなくて踊るもんだろうが」

山手は椅子《いす》の上でわずかに腰をくねらせ、両手を動かした。社交ダンス教室に通ってレッスンを続けているので、動きも絵になっている。ちなみに、そのダンス教室を主宰しているのが、皐の祖父の中条恒巳《なかじょうつねみ》だ。

「おじさん、さすが」

二三は小さく拍手した。一子と要を連れて、ホテルで催されたダンスの発表会を見に行った時を思い出した。

「じゃあ、お刺身ね」

山手は得意そうに頷いてから、付け加えた。

「それと、この前のあれを作ってくれ。特製卵かけご飯」

「はい、お任せ」

溶き卵を湯煎《ゆせん》にかけて作る、バターの香りもリッチで上品な玉子丼だ。

皐に戻りガツオの刺身を任せて、二三はタコのエスニック唐揚げに取り掛かった。茹《ゆ》でダコに砕いたピーナッツを混ぜた衣をつけて揚げ、香菜と玉ネギスライスを飾り、スイートチリソースをつけて食べると、佃にいながら東南アジア気分が味わえる。

「おじさん、新しくできたサンドイッチ屋さん、どう？」

「ああ、一度昼に食った。玉子サンド、美味かったな」

「最近、外国人のお客さんも買いに来るみたい」

「そのようだな」

山手の口調がわずかに冷たくなったのを、二三は感じ取った。

「もしかして、何か迷惑してる？」

山手は一度言い淀《よど》んだが、思い直したのか、再び口を開いた。

「魚を眺めてく客がいてな。大抵はグループの客だ。ワイワイ言いながら写真撮るだけで、触ったりはしないんだが。それにしたって、どうせ買わない客だからな。店の前に立ってられても……」

山手は生ビールのジョッキを傾けてふた口ほど飲んだ。

「お客さんの迷惑になってる？」

「それはない。向こうは珍しがってるだけだし」

山手は首を振り、考えをまとめるように宙を睨《にら》んだ。

「ただ、なんつーかな、『見せもんじゃねえ』って気持ちかな」

「そうでしょうね」

皐が山手の前に戻りガツオの刺身の皿を置いた。

「写真だけ撮られても、お店は商売になりませんよね」

「まあ、さっちゃんみたいな美人が来てくれる分には、俺も倅《せがれ》も目の保養ができて御の字だがな。野郎とババアに来られても……」

山手はあわてて一子に向かって両手を振った。

「いや、いっちゃんは違うから」

一子は山手に微笑みかけた。

「大丈夫よ、政さん。分ってます」

二三は揚げたてのタコを皿に盛りつけ、カウンターに置いた。

「はい、タコのエスニック唐揚げです」

康平も瑠美も目を輝かせた。

「揚げ物と泡は、最高の組み合わせ」

「いっただきま〜す」

二三は使った什器《じゅうき》類を洗いながら、やはりはじめ食堂にインバウンドのお客を呼び込むのは難しいと思い始めていた。はじめ食堂は飲食店で、テイクアウト主体ではない。この小さな店でランチタイムに大勢で来られたら、常連さんが入れなくなる。インバウンドは一期一会だが、常連さんは店を支えてくれる立役者だ。

店の理想としては、常連さん八割・ご新規さん二割くらいが望ましい。常連さんはいずれ転勤や定年で来店しなくなり、代わりにご新規さんがリピーターになり、常連さんとなって、お客さんの新陳代謝が生まれる。リピートが見込めない時点で、インバウンドははじめ食堂の求めるお客さんではないのだった。

サンドイッチのつばさは朝十一時開店、午後五時閉店だった。しかし、最近は五時前に商品が売り切れてしまうこともある。そんな時は潔くシャッターを閉めて、明日に備えることにした。

今日も十一時ピッタリに、つばさはシャッターを開けた。店の前には昨日ホームセンターで買ってきた、おしゃれな蓋《ふた》つきのゴミ箱を置いた。本体には「Please place your waste here」と書いた紙を貼ってある。これでもうゴミのポイ捨ては大丈夫だろう。

開店早々、お客さんが訪れた。地元の人、近所の会社に勤めている人、そして日本人観光客とインバウンドのお客。

つばさも五十鈴も外国人のお客さんが来店するのが不思議だったが、築地場外の観光を終えた人が帰りに寄ったり、これから銀座《ぎんざ》へ観光に向かう人がその前に立ち寄ったりするらしいと分った。

実は昨日、海外のインフルエンサーがSNSにサンドイッチのつばさの情報を上げていると、開《かい》が教えてくれた。「いいね」の数も多かった。

「その口コミもあるんじゃない」

開の意見は大いに腑に落ちた。

「簡単な接客英語はマスターした方が良いかもね」

　というわけで、昨夜は五十鈴と三人で、スマホ片手に英会話の練習をしたのだった。会話と言っても、五十鈴は釣銭のやり取りができれば十分で、つばさもメニューの説明ができれば十分だから、使う文は十にも満たなかったが。

「コンニチハ」

　十二時少し前に、欧米系の男性が入ってきた。荷物を持っていないので、インバウンドのお客ではないらしい。

「イイデスカ？」

　お客はカウンターを指さした。

「Please have a seat wherever you like」

　つばさは昨夜覚えたばかりの文で「どうぞお好きな席へ」と答えた。

　男性客はカウンターに腰を下ろすと、メニューを手に取った。メニューにはパンと具材を紹介してあるが、すべて日本語だった。

　しまった。英語のメニューを作っておくんだった。

　これまでインバウンドのお客はすべてテイクアウトで、イートインコーナーを利用しなかったので、そこまで頭が回らなかった。

　つばさはカウンターから身を乗り出して、ショーケースの中のパンを指さした。

「これ、ナンバー1、ナンバー2、ナンバー3……」

お客はつばさの指し示すパンを目で追って、頷いた。

「ナンバー1のパンで玉子サンド、ナンバー3のパンでカツサンド、ください」

お客は英語の訛《なま》りはあるものの、きちんとした日本語で注文した。

「はい。良かった。お客さま、日本語大丈夫なんですね」

お客は安心させるように微笑んだ。つばさには四十代半ばくらいに見えた。髪と目が茶色で、ややぽっちゃり体型で、穏やかな表情をしていた。後になってケン・マーフィーという名前であることを知った。

「あのう、お飲み物は何がよろしいですか」

つばさが尋ねると、ケンはもう一度メニューを眺めた。

「ホットの紅茶ください」

「レモンは要りますか？」

「いえ、結構」

つばさはサンドイッチを作りながら訊いてみた。

「お客さん、日本語お上手ですね。長いんですか？」

「来日して五年。でも、親の仕事で日本で生まれて、東京に十二歳まで住んでました」

「ああ、それで」

ケンはぐるりと店を見回した。

「この店、変わった造りですね。ラーメン屋みたいだ」

「大当たり！」

　つばさは弾んだ声で答えた。

「ここ、元はラーメン屋さんなんです。オーナーが産休に入ったので、その間だけテナントで」

「へえ」

　そこへ五十鈴が紅茶を運んできた。テイクアウトのお客さんには紙コップで出すが、イートインのお客さんにはポットで淹《い》れて、陶器のマグカップで出す。

　ケンはテーブルに置かれた小物入れから砂糖を二袋取ってカップに入れた。次にコーヒーフレッシュのポーションを手に取ったが、わずかに顔をしかめて元に戻した。

　それを見て、五十鈴がおずおずと声をかけた。

「あのう、牛乳ならありますけど、お持ちしましょうか？」

「はい、ありがとうございます」

　ケンは嬉しそうに答えた。

　ケンはカウンターに出された五百ミリの牛乳パックから、かなり多めにマグカップに注いで、スプーンでかき混ぜた。

「お待たせしました」

まず玉子サンドを出すと、盛大にかぶりついた。

「ウマい。Tastes good」

ケンは玉子サンドを咀嚼《そしやく》しながら、齧《かじ》りかけの断面を見直した。

「シンプル。茹で卵とマヨネーズ？」

「はい。あと塩胡椒。マヨネーズは手作りです」

「ああ、なるほど」

ケンは一切れを四口で平らげ、ミルクティーを飲んだ。

「カツサンドです」

イートインのカツサンドは、食パンを軽くトーストしてある。ケンは目を輝かせてカツサンドにかぶりついた。親指をぐいと立ててみせただけで、何も言わなかったが、その食べっぷりを見れば、気に入っているのはよく分った。ケンはカツサンドを平らげると、濡《ぬ》れティッシュで手を拭いた。

「日本に帰るとカツサンドが食べたくなる。カツサンドは日本にしかない」

「えっ、そうなんですか？」

「うん。そもそもトンカツが日本にしかない」

カツサンドは昭和十（一九三五）年、湯島《ゆしま》の洋食屋井泉《いせん》の初代女将《おかみ》が「名物のトンカツをパンに挟んで、海苔《のり》巻きのように手軽に食べてもらえないだろうか」と考えたところから誕生した。

「詳しいですねえ」

つばさが感心して褒めると、ケンは照れ臭そうに微笑んだ。

「子供の頃、家の近くにトンカツ屋さんがあって、家族でよく行ったんだ。そこの親父《おやじ》さんの受け売り」

ミルクティーを飲むケンを見て、つばさは訊いてみた。

「お客さん、もしかしてイギリス……イングランドの方？」

「ノー。ノースアイルランド。でもＵＫ」

英国人はワールドカップの時以外、自分の国をユナイテッドキングダム（連合王国）、略してＵＫと呼ぶ。イングランド、スコットランド、ウェールズ、北アイルランドで形成される国家だ。

「でも、どうしてＵＫってわかる？」

「ミルクティー飲んでるから。ＵＫの人はレモンティー飲まないんでしょ」

「うん。あれは邪道」

「サンドイッチは英国が発祥ですよね。お国ではどんなサンドイッチが人気ですか？」

「昔ながらのキューカンバー、ローストビーフ、サーモン、他《ほか》にも色々あるよ。最近はベトナムのバインミー、メキシコのブリトー、饅頭《まんとう》に豚の角煮を挟んだチャイニーズサンドイッチとか、エキゾチックな屋台が出てるよ。店もあるらしい」

「そうなんですか。さすが、サンドイッチ激戦区ですね」

「日本のサンドイッチも美味しいよ。有名な店が美味いのは当たり前だけど、コンビニのサンドイッチまで美味いのは、素晴らしい」

二人が言葉を交わしている間にも、何組かのお客さんが買いに来た。一組は日本人ガイドに引率された外国人グループだった。五十鈴はお客が選んだ品を袋に入れ、代金を受け取って釣銭を渡した。英語でのやり取りはぎこちなかったが、そつなくすべてやり通した。

ケンが勘定を支払いながらつばさに尋ねた。

「この近所で食事できる店は、ここと、ちょっと先の食堂だけ？」

「はい」

「あの店は美味しい？」

「すごく美味しいですよ。ランチタイムは食堂で、夕方から居酒屋になります。女性三人でやっていて、とても居心地が良いんです。メニューも豊富で、必ずお気に入りの料理に出会えますよ」

ケンはクスリと微笑んだ。

「PR、上手ね。今度行ってみる」

ケンは椅子を降り、軽く手を振って店を出た。

通りの前方に、男女五人の観光客グループが立ち止まっていた。近づくと、鮮魚店の前で魚を見て、スマホで撮影しているのだった。そして店で買ってきたサンドイッチを立ち食いしている。

通り過ぎようとした時、二人の男女がサンドイッチを食べ終わり、包んでいたラップを道路に放り出した。ケンは思わず足を止めた。

『あなた方』

静かだが毅然とした声で観光客グループに言った。

『ゴミを道路に捨てないで、あの店の前のゴミ箱に捨ててください』

五人はケンの方を見て、さすがにバツの悪そうな顔をした。男の方が捨てたゴミを拾い上げた。

店の奥に立っていた、ねじったタオルを頭に巻いた老人が、ケンの方を見て拝むように片手を立てた。ケンは笑顔を作って小さく一礼して、その場を離れた。

その先にある食堂では、外に順番待ちの人が五人並んでいた。すぐに戸が開いて、四人のお客が出てくると、並んでいた四人が中に吸い込まれた。流行《はや》っている店のようだった。

夜になったら行ってみるか……ケンは心の中で独《ひと》り言《ご》ちた。

佃に来たのはマンションを内覧するためだった。午前中に見た部屋は悪くなかった。一人暮らしには手ごろな広さだし、佃は交通の便も良い。高層マンションの近くに古い仕舞《しもた》屋《や》が残っているのも風情《ふぜい》がある。これで歩いて行ける距離に、美味いサンドイッチの店と居酒屋があれば、言うことなしだ。

その日、午後営業の店を開けたはじめ食堂に、見たことのない外国人のお客が入ってきた。

「いらっしゃいませ」

皐と二三は愛想の良い声で出迎えた。二人とも外国人とのやりとりにはある程度経験がある。

ケンは店の中を見回した。

「Please have a seat wherever you like」

皐が腕を伸ばして店内の椅子を指し示した。

「カウンター、良いですか？」

「はい、どうぞ」

ケンはカウンターに腰を下ろした。古いがシンプルな内装の清潔な店で、テーブルに赤白チェックのビニールのクロスがかかっていることを除けば、ごく普通の居酒屋だった。

女性三人でやっていると聞いた通りで、厨房に二人、ホールに一人いる。厨房の年配の女性は非常に整った顔立ちで、若い頃はさぞや美しかっただろう。中年の女性は明るくフレンドリーな雰囲気だった。そしてホールで接客している若い女性も大した美人だったが、ケンは彼女が生来の女性ではないことを瞬時に感じ取った。

「日本語のメニューで大丈夫ですか?」

皐はおしぼりとお通しをカウンターに置いて尋ねた。会話に不自由しないことは、一言聞いただけで分った。

「大丈夫です。生ビール、大をください」

「はい」

ケンはじっくりメニューを眺めて、何を注文するか検討した。メニューの組み立ては前菜、メイン、ラストに炭水化物で考える。

まず、サーモンとモッツァレラのカルパッチョサラダと、カツオのカルパッチョサルサソース、どっちにするかで迷った。次にメインはトンテキと牛ステーキトリュフバターソース、どっちが良いか。その前に量はどれくらいなのか確認しないと。ラストの炭水化物はタコと大葉の冷製ジェノベーゼパスタか、あさりとワカメの韓国風うどんか……。

皐は生ビールのジョッキを運んで行って、ケンがあまりにも真剣な顔でメニューを睨んでいるので、ちょっとおかしくなった。

「お客さん、何か分らないことがあったら、どうぞ」

ケンはメニューから顔を上げ、検討している料理名を指さした。

「これ、量はどれくらい？」

「そうですねえ……」

皐はどういう説明が分りやすいか考えた。

「女の人だったら二人で食べるのがちょうど良いくらい。大食いの男の人だったら、一人でペロリ」

ケンは腕組みして首をひねった。

「僕は普通の日本人の男性くらいかなあ」

「よろしかったらハーフサイズもお作りしますよ」

二三はカウンター越しに首を伸ばした。

「もし普通サイズで食べ切れなかったら、お包みしますから、テイクアウトもできますし」

「それじゃ、普通サイズで。サーモンのカルパッチョとトンテキ」

ケンは目を輝かせて付け加えた。

「トンテキのソース、塩味控えめで。ラストにタコと大葉のジェノベーゼパスタ食べます」

「はい、ありがとうございます」

注文を終えると、ケンは一仕事終えた気分で生ビールを飲み、お通しに出された中華風冷奴をつまんだ。

一口食べて感心した。冷奴にかかったタレが旨《うま》い。みじん切りにしたネギとザーサイをゴマ油でからめ、干し海老《えび》も混ざっている。だから香りが良くてコクがある。

ケンは改めて店を見回した。この店は案外大当たりかもしれないと思う。料理は期待できそうだし、女性たちはみんな愛想が良くて親切だ。それに値段がリーズナブルで、美人が二人もいる。

二三はカルパッチョを作り始めた。サーモンの刺身とモッツァレラチーズ、玉ネギの薄切り、ベビーリーフを皿に彩りよく並べ、オリーブオイルと醤油、レモン汁、ワサビを混ぜたドレッシングをかけてレモンを添える。緑と白とサーモンピンクの美味しい三色旗の完成だ。

「どうぞ」

皿を見て、ケンは思わず微笑んだ。見た目にもちゃんと気を使っている。味もなかなかだった。

ケンは酒のメニューを点検した。酒のセレクトは料理に合わせているのか、銘酒が揃っている。

「而今《じこん》ください。二合」

「はい、ありがとうございます」

皐は答えながら、内心「康平さんがいたら、ドキドキするだろうな」と思った。而今は今日、康平が仕入れるように勧めたのだが、わざわざ二三に「おばちゃん、チーズとバター使った料理、用意してよ。而今は洋風の料理に合うからさ」とリクエストしたところを見ると、夕方、瑠美と二人で来て楽しむつもりだったのだろう。

そして而今を知っているこの外国人客は、もしかして日本酒通なのだろうかと、皐はちらりとケンを横目で見たのだった。

「こんばんは」

そこへ入り口の戸が開いて、康平と瑠美が現れた。

「いらっしゃい」

二人は店に見知らぬ外国人の先客がいるのを見て、一瞬戸惑ったが、すぐにカウンターに並んで腰を下ろした。そして席に着くなり康平は二三に尋ねた。

「おばちゃん、今日の特別メニュー、何？」

「サーモンとモッツァレラチーズのカルパッチョ、マッシュルームオムレツ、トンテキ、牛ステーキのトリュフバターソースってとこかしら」

康平は瑠美を振り向いた。

「他は全部頼むとして、トンテキとステーキ、どっちにする？」

「そうねえ。康平さんは？」

「どっちでもいいけど、トンテキならご飯セットで頼んで、ステーキなら単品にしてシメに何かもらわない？」

「じゃあ、トンテキでご飯セット。私、トンテキ久しぶりなの」

康平は二三の方に顔を向けた。

「というわけで、シメはトンテキのご飯セットね」

「それと、タコのエスニック唐揚げください」

皐がおしぼりとお通しを運んで行くと、二人は小生を頼んだ。後に而今が控えているので、食前酒は軽く済ませるのだろう。

「お待たせしました。而今です」

皐がケンの前に而今のデカンタとグラスを置くと、康平が目を剝《む》いた。

「大丈夫ですよ。お二人の分はありますから」

皐は笑いをこらえて康平に囁《ささや》いた。

「乾杯」

康平と瑠美はジョッキを合わせてから、一息に三口ほど飲んだ。

「今、而今はすごく手に入りにくいんでしょ」

「ますます大人気だからね」

「ちゃんと卸してもらえるのは、康平さんの努力のたまものね」

「いや、単なる酒好き」

二人の会話が耳に入って、ケンはサーモンをつまんだ箸を止め、ちらりと康平を見た。

「カルパッチョできるけど、而今、行く?」

二三が訊くと、康平は勢い良く首を縦に振った。

「行く、行く」

カルパッチョの皿が運ばれると、康平と瑠美はジョッキに残ったビールを飲み干した。そして続いて目の前にやってきた而今をグラスに注ぎ、乾杯した。

「日本酒なのに、日本料理より洋風料理に合うって、不思議なお酒ね」

瑠美は一口飲んでから、改めてグラスを見た。

「それだけ日本酒の幅が広がったんだよね。ピリ辛エスニックに合う日本酒もあるし」

康平はサーモンとモッツァレラチーズを一緒に口に入れ、目を細めた。

「ただ、日本酒は基本的には和・洋・中、全部に合う酒なんだよ。特にあっさり味の上品な中華だったら、紹興酒より日本酒が合うと思う」

「そうね。お酒の味が強すぎると、料理が引いちゃうものね」

ケンがカルパッチョを八割方食べ終わった時、厨房から旨そうな匂《にお》いが流れてきた。ニンニクが焼ける匂いだ。続いて熱したフライパンに肉を置いた時の、ジュッという小気味よい音がした。トンテキを焼く音だ。

二三は辛すぎないように、醬油とウスターソースの量を少なくしてトンテキ用のソースを作り、焼けた肉にからめた。これならご飯なしで食べられるはずだ。

「お待たせしました」

目の前に置かれた皿から立ち上る、香ばしい醬油とニンニクの匂いが、ケンの鼻腔《びこう》をくすぐった。これほど食欲を刺激する匂いはないかもしれない。

肉はすでに切ってあり、箸でつまんで食べられた。トンテキを咀嚼し、而今で後を追いかける幸せな時間が続いた。

「子供の頃、近所に美味しいトンカツ屋さんがありました」

ケンは厨房の二三に語り掛けた。

「その店はトンテキも美味しかった。この店の味に似ています」

「光栄です。ありがとうございます」

二三はそう答えて、心の中で「こういう方が常連になってくれたら嬉しいんだけど」と思った。

トンテキを半分食べたところで、而今は空になった。

ケンは迷った。而今をお代わりしたい。しかし隣の男性も而今にぞっこんの様子だ。自分がお代わりをしたら、彼は悲しむだろう。

ケンは再びアルコールのメニューに目を凝らし、さっと片手を挙げた。

「喜正《きしよう》の純米吟醸ふなしぼり、一合」

康平は「おや」と思ってケンを横目で見た。喜正は甘みと渋みを伴った豊かな味わいで、ほんのりとした苦みがアクセントとなり、牛肉や豚トロなど、脂っぽい料理とも合う酒なのだ。思わず心の中で「おぬし、やるな」と呟《つぶや》いた。

すると康平の内心の声を聞いたかのように、ケンも康平の方を見てニヤリと笑った。二人は無言で相手に向かい、グラスを掲げた。

康平と瑠美の前にはマッシュルームオムレツとタコのエスニック唐揚げが運ばれた。それを見るとケンは少しうらやましくなった。オムレツは大好物だが、二十年前ならともかく、今はとても食べ切れない。

康平は新しい割り箸を割り、オムレツを四分の一ほど小皿に取ると、ケンの方に押しやった。

「而今を譲ってくれたお礼です」

ケンはにっこり笑って拝む真似《まね》をした。

「ありがとうございます」

遠慮せずにオムレツをつまむと、芳醇《ほうじゅん》なバターの風味が口の中に広がり、卵の甘味とキノコの旨味が舌の上で溶けた。この料理も喜正に合う味だった。

ケンは康平に向かって会釈した。

「私はケン・マーフィーと言います。英国人です。貿易の仕事をしています」

「初めまして。辰浪康平です。この近くで酒屋をやってます」

瑠美を振り返って紹介した。

「彼女は料理研究家の菊川瑠美さんです」

するとと瑠美が康平の後ろから笑顔で一礼した。

「瑠美です。康平さんのフィアンセです」

「それはおめでとうございます」

ケンはもう一度喜正のグラスを掲げた。

「こちらのお店は、ネットか何かで知ったんですか？」

瑠美の問いに、ケンは首を振った。

「サンドイッチの店の人に、教えてもらいました」

「まあ、つばささんの」

思わず二三は声を上げた。

「はい。美味しいサンドイッチでした。この店のことを訊いたら、とても美味しくて居心地が良くてメニューも豊富だと言われて、来てみたいと思いました」

「それはまあ、ありがとうございます」

二三と一子は厨房で頭を下げた。

「その通りでした。本当に良い店です」

「またお近くにいらしたら、寄ってくださいね」

「もちろんです」

ケンは一呼吸置いてから付け加えた。

「ここに住みます」

「は？」

二三はつい間抜けな声を出してしまった。

「今住んでいるのは杉並《すぎなみ》区です。もう少し都心に住みたくなって、不動産会社に探してもらったら、リバーシティに空き室があると。見学したら気に入りました。契約して、引っ越そうと思います」

二三と一子は顔を見合わせた。

「それじゃ、どうぞこれからもよろしくお願いします」

一子は丁寧に頭を下げ、二三もそれに倣った。

その時、入り口の戸が開く音がして、頭を上げると山手が入ってきた。

「あら、いらっしゃい」

ケンも入り口の方を振り向いた。

「ああ、昼間のお兄さん」

山手がケンを指さした。

「どうも、その節は」

ケンは軽く頭を下げた。

「おじさん、ケンさんと知り合いなの？」

康平が訊くと、山手は困ったように唇の端を曲げた。

「知り合いってわけじゃないが、このお兄さんに昼間、ちょっと世話になってな」

「政さん、とにかく座って」

一子に言われて、山手はカウンターの一番端に腰を下ろした。

「この人、イギリス人のケンさん。貿易の仕事してる人で、もうすぐリバーシティに引っ越してくるんだって」

康平はまるで長年の知己のように、ケンのことを紹介した。

「そうかい。そりゃあ、どうぞよろしく」

「で、何があったんですか」

皐がおしぼりとお通しを出しながら山手に訊いた。

「いやあ、昼間、また観光客が団体で来てよ。店の前で立ち食いしながら、写真撮ったりしてんだよ。あんまり大勢で来られると、こっちも仕事の邪魔なんだが、言葉も通じねえしよ」

山手はそう言っておしぼりで顔を拭いた。

「そしたら、道路にゴミを捨てやがった。前にもやられたことがあるんだ。あのサンドイッチの店の前にはゴミ箱があるんだから、あそこへ捨てりゃあいいのによ」

山手はケンの方を見た。

「そしたら、このお兄さんが注意してくれて、連中もゴミを拾って帰った。あんときはありがとうよ」

「いいえ、とんでもない」

ケンは少し居心地の悪そうな顔で言った。

「さっちゃん、小生」

「はい」

二三は山手の方に身を乗り出した。

「おじさん、今日はマッシュルームオムレツ食べない？　毎回特製ＴＫＧじゃ飽きるでしょ」

「おりゃあ、卵なら春夏冬……秋ない、だ」

「はい、座布団三枚ね」

二三は冗談めかして両手を上げた。

「さっちゃん、オムレツお願いね」

「はい」

「おじさん、シメにうどんでも食べる？」

「そうさな」

「あったかいのと冷たいの、どっちがいい？」

「……冷たいのは何がある」

「叩《たた》きとろろとメカブのぶっかけうどんなんかどう？」

「とろろか。精が付きそうだな。それ、もらおうか」

「はい」

二三は会話しながら山手の様子を窺《うかが》っていた。店の前にたむろする外国人観光客に迷惑しているのは間違いないが、その度合いはどれくらいだろうか？

もし怒りが沸点に達したら、その矛先がつばさにも向くかもしれない。つばさはゴミ箱を置いたり英語で表示を書いたりと、できる限り努力はしている。しかし、つばさの店の客が魚政の迷惑になれば、つばさも連帯責任を問われかねない。

山手の気分を鎮め、つばさを守る方法はないだろうか。

この佃大通りに残った食べ物関係の店は、三軒しかない。対立せずに、仲良く共存できる方法は、何か……。

「はい、お待ちどおさま」

皐がマッシュルームオムレツを仕上げ、山手の前に持っていった。

「こりゃ美味そうだ。さっちゃんのお手製と思うと、余計美味そうに見える」

山手は皿に添えられたスプーンを手にした。オムレツはスプーンの方が食べやすい。

「さっちゃん、トンテキお願い」

「はい」

皐も夜は厨房に立つことが増えた。今に万里のように、本格的な料理人を目指すようになるかもしれない。

二三はパスタの準備にかかった。冷製パスタなので、麺《めん》は細めのフェデリーニを使う。茹で時間は五分ほどだ。

麺を茹でている間に大葉をみじん切りにして、オリーブオイルとおろしニンニク、粉チーズ、塩胡椒と混ぜる。茹でて水にさらして冷やしたパスタとタコのぶつ切り、ミニトマトをその緑のソースで和えれば、冷製ジェノベーゼパスタの出来上がりだ。

二三はケンにパスタの皿を出しながら「フォークは要りますか」と尋ねた。

「大丈夫。箸の方が食べやすい」

ケンは箸を取るとパスタを挟み、まるでざる蕎麦《そば》を食べるように啜《すす》り込んだ。

「ああ、美味い」

西洋人は麺を啜れないと聞くが、子供の頃日本で育って、蕎麦を手繰った経験があるの

た。

不意に何か閃《ひらめ》いたように、ケンは途中で箸を置いた。そして山手の方を向いて口を開いた。

「お宅の、観光客の件ですが」

山手もスプーンを置いてケンを見返した。

「店の前に『写真撮影はご遠慮ください』と英語で書いた立札を立てたらどうでしょう」

二三は「そうか！」と膝を打った。

「それを無視して写真を撮る人は、マナー違反です。追い払っても問題ないと思います」

山手がパッと眉を開いた。

「そうか。そうだな。その手があったか」

「私が手本を書きますから、立札を作ってください」

山手はケンに向かって頭を下げた。

「兄さん、恩に着るよ」

「お役に立てると良いのですが」

康平も山手の方に身を乗り出した。

「おじさん、絶対に効き目あるよ」

「ああ。俺もそう思う」

「政さん、よかったわね」

一子も山手に微笑みかけた。

山手は椅子を降り、ケンの前に行って手を取った。

「兄さん、美味い刺身が食いたくなったら、声かけてくれ。いつでもただで届けてやるよ」

「政さん、勝手にそんな約束したら、政和《まさかず》さんに怒られるわよ」

政和は山手の息子で、今の魚政の主人だ。

「てやんでえ。あいつは俺が作ったのよ」

二三も一子も瑠美も呆《あき》れたが、やがて一同はおかしくなって、笑い声を立てたのだった。

第三話

運の悪いオムレツ

「……それで、骨折しちゃったの？」

「うん。転んだときに手をついて、手首ひねったらしい」

「倒されたわけ？」

「バッグ離さなかったら、引っ張られて転んじゃったんだって」

「可哀想《かわいそう》にね」

四人で来店したワカイのＯＬは、何やら眉《まゆ》をひそめて話している。どうやら同僚の一人が怪我《けが》をしたらしい。

「右手だから厄介よ。日常生活も不自由だし、片手じゃパソコンだってまともに打てないし。それじゃ仕事にならないよね」

「足の方がまだマシだったかもね。デスクワークなら座ってできるから」

そこへ皐《さつき》が注文の定食セットを運んできた。

「お待たせしました。参鶏湯《サムゲタン》と大根バター醬油《しょうゆ》です」

二人の女性の前に定食の盆を置き、すぐにカウンターに取って返した。定食セットが二つ用意されている。

「さっちゃんも気を付けた方がいいわよ」

残り二つの定食セットを運んでいくと、一人が言った。

「ひったくりですか？」

「うん。うちの会社の人がやられたの」

「飲み会の帰り、歩道歩いてたらバイクで近づいてきて、ショルダーバッグ引ったくられたんだって。可哀想に、彼女、転んで右手骨折しちゃったのよ」

転んで手をついたとき、手首を骨折しやすい。橈骨遠位端骨折《とうこつえんいたんこっせつ》という。

「お気の毒に」

皐も同情を込めて眉をひそめた。

「これから忘年会シーズンだから、皆さんも気を付けてくださいね」

「うん。ありがとう」

四人の女性は頷《うなず》いて、割《わ》り箸《ばし》を手に取った。

今日のはじめ食堂のランチは、日替わりが手羽元を使った参鶏湯と、大根バター醬油。

十一月に入って秋が深まると共に大根、白菜、長ネギなど、白い野菜が美味《おい》しさを増す。

焼き魚はホッケの干物、煮魚はカラスガレイ。ワンコインはキノコ蕎麦《そば》、カツカレー、オムカレー。小鉢は無料がきんぴらごぼう、五十円プラスで竹輪とモヤシの味噌《みそ》マヨネーズ和《あ》え。

味噌汁は豆腐とエノキ、漬物はキュウリと大根の糠漬《ぬかづ》け。これにドレッシング三種類かけ放題のサラダがついて、ご飯と味噌汁はお代わり自由で一人前七百円は、中央区の奇跡と呼んでもらいたいと、二三《ふみ》は思っている。

「先週、月島《つきしま》の方でもひったくりがあったよ」

皐がカツカレー定食を運んでいくと、こちらも常連のサラリーマンが言った。

「まあ、そうですか」

「清澄《きよすみ》通りで。しかも真っ昼間。やっぱりバイクで近づいてきてやられたって」

サラリーマンはスプーンを手に取った。

「フルフェイスのヘルメットかぶってたら、顔、分んないからね」

「そうですね」

そして被害者が女性なら、バイクの車種も分らないことが多いだろう。バイクに乗る女性は少数派だ。

「どうして年の瀬は犯罪が多くなるのかしら」

ホッケを皿に載せて定食の盆に置き、二三は独《ひと》り言《ご》ちた。

「人の心が浮足立つからかしら」

味噌汁を椀《わん》によそって一子《いちこ》が言った。

「師走《しわす》っていうくらいだから、心が逸《はや》るのね。一年の終わりが近づくと、何かに追いかけられるような気がするでしょ」

「だからって他人《ひと》のもの引ったくるかなあ」

そんな言葉を交わすうちにも、席を立つお客さんと新しく入ってくるお客さんで、慌ただしく時が過ぎた。

「忘年会とボーナスじゃない？　酔っぱらいと懐のあったかい人が増えるから」

手羽元に箸を刺し、骨から肉を剝《は》がしながら野田梓《のだあずさ》が言った。いつもは魚の定食を選ぶことが多いが、今日はコラーゲンたっぷりの参鶏湯定食だ。

「それと、帰省する人が多いからだな。年末年始、留守にする家が増えれば、空き巣には稼ぎ時だよ」

やはり参鶏湯定食を選んだ三原茂之《みはらしげゆき》が言った。

「年の瀬はひったくりと空き巣と放火が増えるって、弁護士さんから聞いたことあるわ」

「お姑《かあ》さんは、師走になると人の心が浮足立つからじゃないかって。それで犯罪に手を染めるかなって思うけど」

「でも心理的な動機としては、説得力ありますよ」

三原は参鶏湯のスープをスプーンですくった。

「でも、どうして年末が近づくと、焦る気持ちになるのかしら」

皐が首をかしげた。

「多分、掛け取りの記憶じゃないの」

梓はそう言って参鶏湯のスープを啜《すす》った。

「確か江戸時代は、買い物は付けで買って、年末とお盆に代金をまとめて払ってたのよ。だから年末が近づくと、みんなお金の準備でソワソワしたわけ。きっとそのＤＮＡが残ってるんだわ」

その商習慣を打破して掛け売りから「現金掛け値なし」という現金定価取引へ転換したのが三井越後屋《みついえちごや》、後の三井財閥の祖・三井高利《たかとし》だった。

「掛け売りの代金を回収することを掛け取りって言うんだけどね、掛け取りが来るのはだいたい大晦日《おおみそか》なの。それで、大晦日に何とか掛け取りをやり過ごせば、その年の支払いはチャラになるわけ」

「うっそー」

皐は目を丸くした。

「落語にあるわよ。長屋の住人と掛け取り人の攻防」

「それ、借金踏み倒すわけですよね。なんか、ずるい」

「良いのよ。多分買った先は大店《おおだな》で、一人分くらい代金取りっぱぐれても、大したことないんでしょ。落語になってるくらいだもの」

三原が懐かしそうに言った。

「昔、桂米朝《かつらべいちょう》の『掛け取り』を聞いたことがありますよ。どうしても金の算段ができなくて、おかみさんと相談して旦那《だんな》が死んだことにするんですよ。番茶の雫《しずく》を垂らして涙に見せかけると、呉服屋の掛け取りに『涙に茶柱が立ってますよ』って皮肉られて……」

「掛け取りは夫婦の涙ぐましい努力を買って引き上げてくれたんだけど、芝居を本気にした大家さんがお香典を持ってくるんですよね。おかみさんが恐縮して返そうとすると、死んだはずの旦那が『もらっとけ』って……」

一子も楽しそうに後を引き取った。昭和一桁の生まれなので、日常的な娯楽として落語にも親しんでいる。寄席《よせ》に行くようなマニアでなくとも、有名な話はラジオやテレビの演芸番組で知っていた。

「考えようによっては大らかですね。借金も笑いの種にして」

皐も少し感心してしまった。

「まあ、とにかくこれからは犯罪が増えるみたいだから、私たちも気を付けないとね」

最後に、二三が締めくくった。

その日、午後営業の店を開けたはじめ食堂に、嬉《うれ》しいお客さんがやってきた。

「ケンさん、いらっしゃい！」

皐が声を弾ませた。二三も一子も思わず笑顔になる。

「こんばんは。ご無沙汰《ぶさた》です」

英国人の貿易商ケン・マーフィーだ。この前はじめ食堂に来店してくれたのは、二週間ほど前だ。

「もうお引っ越しの片づけは、一段落しましたか」

「やっと。もっと早く来たかったけど、色々あって」

ケンは差し出されたおしぼりで手を拭きながら答えた。

元は杉並《すぎなみ》区に住んでいたが、もっと都心に近い住まいを探していたところ、不動産会社からリバーシティに空室が出たと連絡があり、内覧のために佃《つくだ》を訪れた。その日に「サンドイッチのつばさ」でランチを食べ、夕方はじめ食堂で夕飯を食べ、どちらもすっかり気に入って、リバーシティの部屋を契約したという。

来日して五年だが、実は両親の仕事の関係で日本で生まれ、十二歳まで育ったので、日本語はペラペラだ。

「お飲み物は？」

「中生」

二三がカウンターから首を伸ばした。

「ケンさん、むかご、召し上がりませんか」

「むかご？」

「山芋の葉のつけ根にできる球形の芽です。極小の里芋みたいなものかしら。今の時期しか食べられない季節ものですよ」

今朝、松原《まつばら》青果の団《だん》が勧めてくれたので、仕入れてみた。

「どうやって食べるの？」

「塩茹《しおゆ》でとか炊き込みご飯が一般的だけど、ガーリックバターで炒《いた》めたり、素揚げしてピリ辛ソースで和えると、お酒のつまみにぴったりですよ」

ケンはごくりと喉《のど》を鳴らした。聞いただけでビールのお供に最高だ。

「ガリバタ炒め、ください」

「はい」

二三はすぐに料理に取り掛かった。

むかごはあらかじめ電子レンジで三分加熱しておくと、フライパンであっという間に出来上がる。ガス台に載せて、バターと麺《めん》つゆ、おろしニンニクのソースを絡めるだけで良い。

「はい、どうぞ」

ケンはお通しのマカロニサラダをつまんで生ビールを飲んでいたが、すぐにジョッキを置いてむかごのガリバタ炒めに箸を伸ばした。

「……」

むかごは確かに里芋に似た味で、ほのかな甘みがある。食感はホクホクして粘り気がなく、ジャガイモに近い感じだ。それが醬油とバターとニンニクの黄金トリオと、合わないわけがない。

生ビールを飲み、むかごのガリバタ炒めをつまむ動作が、永久運動のように止まらないケンを見て、二三も一子も皐も嬉しくなった。

「ケンさん、今日のメインのお勧めは、手羽元の参鶏湯です。手羽元がトロトロで、コラーゲンたっぷり」

ケンはむかごを咀嚼《そしやく》しながら頷いた。

「それ、最後に雑炊できますか」

「はい、もちろん」

ケンは満足そうに頷くと、メニューを手に取った。

「あとは豆腐ステーキ、太刀魚《たちうお》の塩焼きください」

はじめ食堂の豆腐ステーキは、長ネギも豆腐と一緒に油で焼いて、仕上げに大根おろしをたっぷりかけるスタイルだ。こうすると味が満遍なく行き渡り、むらがない。

「こんばんは」

入り口の戸が開いて、辰浪康平《たつなみこうへい》と菊川瑠美《きくかわるみ》が入ってきた。すぐにカウンターのケンに目を留め、二人とも嬉しそうに近づいた。

「ケンさん、久しぶり！」

「コーヘーさん、ルミさん、ご無沙汰です」

ケンと康平は両手でがっちり握手した。

「いつ引っ越してきたの？」

「先週。やり残した仕事がいっぱいあって、今日やっと来ました」

「どうもおつかれさまでした」

康平と瑠美はそれぞれにねぎらいの言葉を口にして、並んでカウンターに腰を下ろした。

康平はすぐさまむかごに目を向けた。

「ケンさんが食べてるの、何？」

「むかごのガリバタ炒め」

二三が答えると、ケンが口を添えた。

「ビールが止まらなくなる」

「じゃ、俺《おれ》、小生とこれ」

「私も小生ね」

瑠美がメニューを手に取った。

「ええと、カブと柿のサラダ、カリフラワーのチーズ焼き、風呂《ふろ》吹き大根」

そこまで注文すると、メニューを康平に渡した。

「そうだなあ……サバの幽庵《ゆうあん》焼きとキンキの煮つけ、どっちがいい？」

「迷うわ。康平さんが決めて」

「う～ん。じゃあ、サバの幽庵焼きにしようか。キンキの煮つけだと、煮汁で飯喰《く》いたくなるからなあ」

「メインは参鶏湯で、最後に雑炊にしてもらいましょう」

「そう来ると思った」

「だってコラーゲンたっぷりだもん。外せないわ」

皐がおしぼりとお通しを出しながら言った。

「ご注文は以上で？」

「うん。酒は別途追加」

ケンが康平に向かってジョッキを掲げた。

「僕もシメは参鶏湯で雑炊です」

「気が合うねえ」

康平はジョッキを手に、ケンと乾杯した。

間もなく康平と瑠美の前にはむかごのガリバタ炒めが、ケンには豆腐ステーキが運ばれた。

「渋い好みだね」

康平が言うと、ケンが首を振った。

「豆腐はヘルシーフードで、昔から人気だよ。ねえ、ルミさん」

「そうそう。今では欧米のスーパーでも普通に手に入るし」

そう言って瑠美もジョッキを掲げた。

「でも、欧米の豆腐レシピは、混ぜ物で使うことが多いのよね。専らダイエット用に」

ケンは大げさに顔をしかめた。

「豆腐の神髄は冷奴《ひやっこ》だよ。大豆の甘さがストレートに分る」

瑠美とケンもジョッキを合わせて乾杯した。ケンのジョッキはほとんど空に近かったが。

「日高見《ひたかみ》、一合」

ケンが皐に注文すると、康平が感心した顔で言った。

「お目がお高い。日高見の純米吟醸は透明感のある甘さで、飲み口が優しくてきれいに引いていくんです。笹《ささ》かまぼこや白身の魚と抜群の相性で、もちろん豆腐にもピッタリ」

「どうも」

ケンは少し照れて会釈した。

「ケンさんは、どうしてそんなに日本酒に詳しいの?」

「僕、日本酒の輸出もやってるんですよ」

康平は「ああ、それで」と頷いて後を続けた。

「日本酒、海外で売れてますか?」

「もちろん」

ケンは大きく頷いた。

「ジャパニーズウイスキーは以前から人気が高かったけど、最近はワインの評価も高いです。特に日本酒はここ十年、順調に売り上げを伸ばしてます。ジャパニーズフードの店が増えたこともあるけど、それ以外でもSAKEを置く店が増えました」

そしてニヤリと笑って付け加えた。

「やっぱり、SUSHIには日本酒です」

康平と瑠美も「その通り」と頷いて、むかごのガリバタ炒めを口に運んだ。

「でも、ちょっと奇遇ね。ケンさんも康平さんも日本酒を売る仕事に携わってるなんて」

「昔から言うじゃない、類は友を呼ぶって」

康平が答えたところで、皐がカブと柿のサラダを運んできた。

「次にカリフラワーのチーズ焼きが出ますけど、お酒、どうしますか」

「ゾーニン・プロセッコはどう? スッキリ爽《さわ》やかな味で、食中酒にぴったり。フルーツにも合うし」

すかさず康平が訊《き》くと、瑠美は嬉しそうに声を弾ませた。

「それにしましょう。グラスとボトル、どっちにする？」

「そりゃボトルでしょう」

二人でスパークリングワインを頼むと、たいてい一本開けてしまう。日本酒と同じくスパークリングワインも肴《さかな》を選ばない酒で、たいていの料理と合うからだ。

「こんばんは」

そこへ新しいお客さんが二人、入ってきた。

「はなちゃん。いらっしゃい」

桃田《ももた》はなははじめ食堂の常連だが、連れの女性は初めて見る顔だった。すらりとした和風美人で、小柄で活きのいいはなと並ぶと、より一層おとなしげに見える。

「友達の間宮佳穂《まみやかほ》さん。高校の同級生なの」

「それはどうも。ようこそいらっしゃいませ」

皐は二人にテーブル席を勧めた。

「佳穂、何呑《の》む？」

はなは佳穂に飲み物のメニューを渡した。

「ここ、見た目はアレだけど、お酒の品揃《しなぞろ》え良いのよ。居酒屋には珍しくスパークリングワインもあるんだから」

「へえ。珍しい。おしゃれね」

するとと康平がはなたちの方に身体《からだ》をひねった。

「はなちゃん、俺たちスパークリングワイン頼んだんだ。お友達と乾杯の分、奢《おご》るよ」

「康平さん、良いの？」

「たまには瑠美さんにカッコいいとこ見せないとね」

瑠美は「バカね」とでも言うように、小さく笑って首を振った。

「ありがとう。ゴチになります」

「というわけで、さっちゃん、グラス四つね」

佳穂は康平に向かって頭を下げてから、はなに囁《ささや》いた。

「万里《ばんり》君もそうだけど、はなの知り合いって、きっぷの良い人が多いよね」

「類は友を呼ぶ」

「確かに」

ゾーニン・プロセッコを注いだグラスが二つ、テーブルに運ばれると、はなと佳穂は康平に向かってグラスを掲げてから、乾杯した。

「さっちゃん、注文良い？」

「はい、どうぞ」

「取《と》り敢《あ》えず、カブと柿のサラダ、ポテトサラダ、野沢菜とジャコ炒め、サーモンステーキ」

皐がテーブルを離れると、はなは声を落として尋ねた。

「それで、話って？」

昨日佳穂からメールが来て、今日の終業後、夕飯を食べないかと誘われた。はなはすでに起業して個人事業主だったから、時間は自由に使える。それで、はじめ食堂に案内したのだった。

「あのね……私、岳《がく》さんと結婚する」

「そう。おめでとう」

「驚かないの？」

「うん。何となくそうなるような気がしてた」

佳穂は神妙な顔ではなを見返した。

「不思議なんだけど、私もそうなの。初めて会った時、何となく、この人と結婚するんじゃないかって、そんな気がした」

広池《ひろいけ》岳は、以前はじめ食堂で腕を振るっていた赤目《あかめ》万里の同級生で、はなと万里が友達になるきっかけになった。はなと万里で計画した《お婆《ばあ》ちゃんの原宿《はらじゅく》》巣《す》鴨《がも》、地蔵通り商店街の縁日の日のダブルデートで、佳穂と岳は知り合ったのだった。

それにしてもあれは今年七月のことで、まだ四か月ほどしか経《た》っていない。

「早いねえ」

「うん。とんとん拍子に話が進んじゃって。やっぱり元アスリートだから、スピード重視なのかな」

はなは黙って微笑《ほほえ》み、もう一度グラスを傾けた。

「お待たせしました」

カブと柿のサラダを運んできた皐がテーブルを離れるのを待って、はなは尋ねた。

「ね、なんてプロポーズされたの?」

「それがねえ、パリオリンピックの話になって……」

日本が外国開催のオリンピックで過去最多の金メダルを獲得したパリ大会は、まだ記憶に新しい。

「ハンドボールはオリンピックで、日本がまだ一個もメダルを取ってない競技なんですって。彼、ハンドボールの選手だったでしょ。だから、生きてる間に、ハンドボール日本代表がメダルを取る瞬間を見たいって」

岳は学生時代、一度はハンドボール日本代表に選ばれたこともある。定着はできなかったが、優秀な選手だったことは間違いない。

「それで、その瞬間を私と一緒に体験したい。ずっとそばにいてほしいって」

「きゃ～」

はなは両手の拳を口元に当てて、身をよじった。

康平も瑠美も背中ではなと佳穂の会話を漏れ聞いて、微笑ましい気持ちになった。二人はそっと目を合わせ、互いの目の中に、確かな想《おも》いが宿っていることを確認し合った。

康平は瑠美と見つめ合っていた視線を外し、何気なくケンの方へ向けた。すると、ケンはうっすらと目を潤ませていた。見てはいけないものを見たような気がして、康平はあわてて目を逸《そ》らした。

「それで、もう式とか決まってるの」

「一応年が明けて、三月か四月って考えてる」

「どうせなら桜の満開の頃《ころ》にしなよ。華やかだから」

二三は焼き上がった太刀魚を皿に盛り、大根おろしとレモンを添えてケンの前に置いた。見ればデカンタは空になっている。

「ケンさん、お酒、次はどうします？」

「〆張鶴《しめはりつる》、一合ください」

注文してから隣を見ると、康平はぐいと親指を立ててから、瑠美に説明した。

「〆張鶴は淡麗辛口の代表だけど、しっかりと旨味《うまみ》もあるんだ。魚の塩焼きにはぴったりの酒だよ」

「村上《むらかみ》の酒だから、のっぺと合います。前に新潟の居酒屋で、イクラを載せたのっぺと合わせたら、本当に素晴らしかった」

ケンも解説を加えた。表情も口調も穏やかさを保っていて、康平は先ほど自分が見たものは間違いだったのかと訝《いぶか》った。

皐は野沢菜とジャコ炒めを仕上げた。これは野沢菜漬けとジャコをゴマ油で炒め、醤油と黒胡椒《くろこしょう》で味付けした簡単な料理で、酒の肴にもご飯のお供にもよく合う。

皐ははなのテーブルに皿を運んで声をかけた。

「この後、ポテトサラダとサーモンステーキができますけど、次はどうします?」

はなは佳穂と顔を見合わせた。

「参鶏湯、食べたいわ」

佳穂が言うと、はなは皐を見上げた。

「参鶏湯のシメ、うどんってできる?」

「できますよ。今日は稲庭《いなにわ》風の細麺になります」

「じゃあ、それでお願い。それと、お酒」

はなは空になったグラスを指さした。

「二人ともこれ、お代わり。すごく美味しい」

はなの言葉を耳にした康平はにやりと笑った。

「康平さん、私たちも参鶏湯のシメ、うどんにしない？」

「いいよ。と言うわけで、参鶏湯、シメはうどんね」

「はい、まいど」

その時、入り口の戸が開いて、お客さんが入ってきた。

「四人だけど」

「どうぞ、空いてるテーブルへ」

それから立て続けにお客さんがやってきて、はじめ食堂は満席となった。やがて話し声、笑い声、調理の音、食器の音が混じり合い、ランチタイムほどではないが、喧騒《けんそう》の時間となった。

ケンと康平と瑠美は、自分のペースで料理と酒を楽しみ、皿が空になると長居せずに席を立った。

はなと佳穂も参鶏湯とシメのうどんを食べ終えた。

「どうも、ご馳走様《ちそうさま》でした」

「ありがとうございました。またいらしてくださいね」

二三と一子はカウンターの中から二人に手を振った。

「美味しかった！　見かけによらず、名店ね」

歩きながら佳穂が言うと、はなは得意そうに頷いた。

「でしょ。今度岳君誘って、あそこでダブルデートしようよ」

二人は佃大通りから清澄通りに出て、月島駅に向かった。

その直後だった。車道に停車していたオートバイが、ガードレールの切れ目から歩道に乗り上げ、ドライバーが佳穂のショルダーバッグのベルトに手をかけた。

佳穂は突然のことに棒立ちになったが、はなはドライバーのパーカーをつかんで引っ張った。ドライバーは振りほどこうとしたが、はなはなおもパーカーを引っ張り続けた。

「はな！」

夜の佃二丁目に男の声が響いた。誰《だれ》かが月島駅の方からこちらへ駆けてくる。赤目万里だった。

ドライバーは佳穂のバッグを歩道に放《ほう》り投げ、オートバイを発進させた。はなはへなへなと歩道にくずおれた。

「はな！」

佳穂と万里が同時にはなに駆け寄った。

「大丈夫か？」

「……どうにか」

「はな、ごめんね。私のために」

佳穂はショックで顔をこわばらせ、声も震えていた。

万里ははなを助け起こして訊いた。

「怪我はないか?」

「あちこち痛いけど、骨折とかはない。かすり傷だと思う」

「じゃあ、まず交番へ行こう」

佃交番は月島駅の向かいにある。三人はとにかく交番へ向かった。

人気の《月島もんじゃストリート》が目と鼻の先にあるため、交番には巡査が常駐していて、はなと佳穂がひったくり被害を訴えると、すぐに事情を聴いてくれた。

しかし、はなも佳穂も、答えられることはほとんどなかった。

「男です。顔は分りません。フルフェイスヘルメットをかぶってて……中肉中背だったと思うんですけど、痩《や》せ型だったかも」

「黒のパーカーを着てました。GAPの」

GAPのパーカーは世間に大量に流通している。

「足元はデニムで、ナイキのスニーカー。それと」

はなは必死に記憶を手繰り寄せ、左の鎖骨辺りに手を当てた。

「Tシャツの襟首から見えたんですけど、この辺りに赤いあざがありました。一円玉くらいの大きさの」

警察官は意気込んでメモを取った。

「バイクはどんな型でしたか」

「……普通のです。普通に走ってて珍しくない感じの」

佳穂は助けを求めるようにはなを見たが、はなも車やバイクの種類にはまるで疎い。

「後ろからしか見てないけど、ホンダのレブル250だと思います」

すると、万里が確信に満ちた声で言った。

「友達が乗ってて見慣れてるんで、多分間違いありません」

「そうですか」

巡査はホッとしたような顔で、万里に質問を向けた。

「他《ほか》に何か、気づいたことはありませんか？」

「リアボックスはついていませんでした。後は、特に」

リアボックスとはバイクの後部に取りつける収納ケースのことだ。バイクは荷物の積載がしにくいが、リアボックスがあれば雨に濡《ぬ》らすことなく持ち物を運ぶことができる。

その後も続けて質問されたが、それ以上の情報はなかった。後ろから、逃げ去っていく犯人とバイクを見ただけなのだから。

所轄の月島署と電話していた警察官が、受話器を置いて三人のいるデスクにやってきた。

「皆さん、悪いけど明日、月島署に来てもらえませんか？　似顔絵の作成にご協力いただきたいんです」

はなが真っ先に答えた。

「私は大丈夫です。ただ、彼女は会社なんで……」

すると万里もはなに続いた。

「俺も大丈夫です。明日、店休みですから」

「ああ、お二人来ていただけば十分です。よろしくお願いします」

一時間ほど事情聴取を受けてから、三人は交番を出た。

「ごめんね。二人に押し付けちゃって」

佳穂はすまなそうに頭を下げた。

「気にしないで。私と万里でカバーできるんだから、無理して会社休むことないよ」

月島駅の入り口で、万里ははなと佳穂に別れを告げた。

「二人とも気を付けて。駅から家まではタクシー拾った方がいいよ」

「ありがとう。また明日ね」

「お休みなさい」

万里は二人に手を振って、自宅へ向かった。心の中では明日、はじめ食堂でこの件を話してやろうと考えていた。二三も一子も皐も、きっと固唾《かたず》をのんで聞き入るに違いない
……。

「こんちは」

翌日の午後一時三十分、万里ははなと連れ立ってはじめ食堂を訪れた。

「あら、いらっしゃい。お揃いで」

この時間、ランチのお客さんたちは引き揚げた後で、店には遅いランチのご常連、三原茂之と野田梓の二人しかいなかった。

万里とはなは先客の二人に会釈して、四人掛けのテーブルに向かい合った。

「俺、海老《えび》フライ定食」

「私はオムカレー。セットで」

「はなちゃんがランチに来るの、珍しいわね」

おしぼりとほうじ茶を運んできた皐が言った。

「二人で、月島署に行った帰り」

「何かあったの？」

皐は心配そうに眉をひそめた。

「夕べ一緒に来た佳穂、清澄通りに出たとこで、ひったくりに遭ったのよ」

皐を始め、店にいた人たちはみんな驚きに目を見張った。

「それで、怪我はしなかった？」

まず二三が尋ねると、はなは首を振った。

「でも私、バッグを取り返そうとして犯人と揉《も》み合って、青あざできちゃった」

「まあ、はなちゃん」

一子が座っていた椅子《いす》から腰を浮かしかけた。

「そこへちょうど万里が駆け付けてくれて、犯人は何も取らずに逃げてった。あ、犯人はバイクに乗ってたの」

「昨日言っておけばよかった。実はこの辺、最近ひったくりが続いてるの。うちのお客さんも、会社の人が被害に遭ったって」

二三がすまなそうに言い添えた。

「さっき、月島署でも聞かされた。九月からこれで五件目だって」

はなに代わって万里が答えた。

「目撃情報も一致してるんで、多分同一犯だろうってさ」

三原が慎重に口を挟んだ。

「警察は、まだ犯人の手がかりを摑《つか》んでないのかな」

「だと思います。被害者は全員女の人なのもあって、これまでバイクの車種も分からなかったみたいで」

「万里がバイクの種類を証言したんで、すごく喜んでましたよ」

「全身像の似顔絵描《か》いて、あちこちに貼《は》り出すって」

「心当たりのある人が現れると良いけどねえ」

一子はそう言って立ち上がった。話に気を取られて、海老フライを揚げずにいた。

続いて皐も厨房《ちゅうぼう》に入った。オムカレーを作らなくてはならない。

するとはなは、少し思い詰めた顔で切り出した。

「あのねえ、実は警察で言わなかったことがあるんだ」

「なんだよ、それ」

万里が驚いて眉を吊《つ》り上《あ》げた。

「昨日からずっと考えてたんだけど、やっぱり言いにくくて」

「犯人の手がかりになるようなこと?」

二三ができるだけ穏やかな口調で訊くと、はなは小さく頷いた。

「犯人と揉み合ってる時、パーカーの前が開いて、中に着てるTシャツが見えた。あれ、私のデザインだった」

誰もが驚いて息を呑んだ。しかし質問攻めにするのは控え、次にはなが口を開くのを待った。

「初めて通販サイトに載せたTシャツで、量は少なかったけど一応完売した。お客さんの記録は残ってるから、警察が調べれば買い手は全部分るはず」

万里は露骨に顔をしかめた。

「そんな大事なこと、なんで警察で言わなかったんだよ」

「通販の他に、個人的に買ってくれた友達が何人かいるんだ。その人たちが無関係だって分れば、後は警察に行って全部話す」

買ってくれた友人はほとんど女性だった。デザインは男女共通でM・L・XLの3サイズで、LとXLは男性でも着られる。

「LとXLを買ってくれた人が三人いて、多分プレゼント用だね。誰にあげたか分れば、安心できるんだけど」

「それはつまり、はなちゃんが個人的に聞き込みするっていうこと？」

梓が眉をひそめた。

「やめたほうが良いわよ。Tシャツをプレゼントした相手が犯人だったら、友達と気まずくなるじゃない」

「私もそう思った。でも、やっぱり自分で確かめたい。全部警察に任せて知らん顔するのは、なんていうか、気が済まない」

はなの決意は固いようだった。

「それで、友達にはどんな風に訊くの？」

三原が世間話のような口調で尋ねた。

「昨夜、LINEしました。雑談のついでに『そう言えば記念すべきあの《初めてのTシャツ》は、今どうしていますか?』って。一人は昨日のうちに返信が来て、あとの二人も今日か明日には来ると思うんだけど」

昨日もらった返信には「お父さんが気に入って、洗濯し過ぎて型崩れした後は、寝巻にしています」とあった。

「これで一人除外。彼女のお父さんなら六十代以上だから、あの犯人は無理」

はなはスマホを取り出して、LINEの画面を見せた。

「残りの二人から返信が来たら、警察に言って話そうと思います」

「本当のことを言うとは限らないでしょ」

梓が言うと、はなはきっぱりと答えた。

「大丈夫です。嘘《うそ》つく必要なんかないから」

そこへ皐が、定食の盆を二枚運んできた。

「海老フライ定食とオムカレーセットです」

はなも万里も、それまでの真剣な表情とは打って変わって、目尻《めじり》を下げて頬《ほお》を緩めた。

「まあ、ひどい」

菊川瑠美は眉をひそめた。

「ひったくりが出たのは知ってるけど、五件も続いてたとはね」

辰浪康平も顔をしかめた。

「でも、怪我をしなくて良かったですね。確か、手首を骨折した被害者もいたでしょう」

ケンは気の毒そうに言って生ビールのジョッキを傾けた。

夕方営業の店を開けたはじめ食堂には、康平と瑠美のカップルに続いてケンが訪れ、生ビールのジョッキを片手に雑談を始めたところだった。二三と皐から早速昨夜のひったくり事件の顚末《てんまつ》を聞かされ、三者三様の反応を示した。

「年末が近づくと、ひったくりと空き巣が増えるんですって」

「ケンさんも気を付けてくださいね」

ケンはにっこり笑って首を振った。

「僕は大丈夫ですよ。狙《ねら》われるのは、女性の皆さんです」

そしてチラリと隣の康平に目を遣《や》った。

「ルミさんはナイトがいるから安心です」

康平は人差し指と中指を額に当て、ケンに軽く挨拶《あいさつ》を送った。

「でも、はなちゃんはそんな探偵みたいな真似《まね》して大丈夫かしら」

瑠美がお通しの利休揚げに箸を伸ばした。築地《つきじ》場外の花岡《はなおか》商店で買ってきた品だ。

「ミステリーだと、そういう発端から殺人事件が起こるのよね」

「はなちゃんの友達に、そんな性悪はいないよ」

「友達は良い人でも、その友達までは分らないわよ」

「それは言える」

するとケンも神妙な顔で付け足した。

「よくある例は、善良な女性に悪い男友達がいることです」

「世界あるあるだな。そういう男は大抵女の稼ぎで遊んで暮らして、勤め先の金ちょろまかしてこいとか言うんだよね」

「そんなの甘いわよ。勤め先に強盗に入ったりするんじゃないの」

「おお」

ケンが両手で顔を覆った。

「はい、お待たせしました」

皐が料理をカウンターに並べた。むかごのガリバタ炒めが二つ、ケンはルッコラのオリーブオイル炒め、康平と瑠美は長芋の梅おかか和えを頼んだ。

ルッコラは独特の苦みや辛味、ゴマの風味のあるハーブで、サラダに使われることが多いが、炒めても美味しい。生とは違う食感を楽しめて、ビールやワインのつまみにぴったりだ。

「はなちゃん、経過報告に来てくれないかしら。気になっちゃう」

瑠美が長芋の梅おかか和えに箸を伸ばすと、康平が飲み物のメニューを手にして言った。

「何事もなく、空振りで終わるのが一番だな」

「そうね」

ケンはむかごのガリバタ炒めを口に入れ、次に頼む酒の検討を始めた。

はなはスマートフォンの画面をじっと見ていた。友人のＬＩＮＥには「弟の誕生日プレゼントにしました。すっかり気に入って、転勤先の福岡へも持っていったよ」とある。福岡。それならあのひったくり事件とは無関係だろう。

友人二人が事件の圏内から外れて、はなはほっとため息を漏らした。

だが、もう一人の友人からのＬＩＮＥは気になった。

「あのＴシャツは元カレにプレゼントしました。でも、その後すぐに別れちゃった。もったいないことしたわ」

元カレ。どういう人物なのだろう。

はなはスマホの画面を消し、コツコツと指で叩《たた》いた。

「おはようございます」

出勤してきた皐が挨拶した。今日は土曜日で営業は夕方からだが、はじめ食堂の挨拶は芸能界のように「おはようございます」になる。

「駅から来る途中、何枚もこのポスター、貼ってありましたよ」

皐は白衣に着替えながら言った。

はじめ食堂の壁にもひったくり犯の似顔絵を描いたポスターが貼ってある。昨日、月島署から託されたものだ。黒いバイクにまたがった男の全身像で、黒いパーカーを着てフルフェイスヘルメットをかぶっている。人相は分らないが、全身の雰囲気は摑める。

「早く捕まると良いけどね」

二三が厨房から応じた時、前掛けのポケットに入れたスマートフォンが鳴った。取り出して画面を見ると、はなからだった。

「ああ、おばさん、今日六時から二人、予約できる？」

「大丈夫よ。テーブルとカウンター、どっちがいい？」

「テーブルでお願いします」

「はい、お待ちしてます」

二三がスマホをポケットにしまうと、一子が「はなちゃん？」と訊いた。

「うん。六時から二名様で予約」

「もしかして、例のお友達かしら。Tシャツ買ってくれたっていう」

「どうかしらね」

そう答えたが、二三には何となく予感めいたものがあった。

「こんばんは」

六時を五分過ぎた時、入り口の戸が開いてはなが姿を現した。はなに続いて同年代の女性が入ってきた。

「いらっしゃいませ」

皐が二人を四人掛けのテーブルに案内し、「ご予約」の札を引き上げた。

「確か、前にもご来店いただきましたよね」

二三はカウンターから出てテーブル席に近づいた。

「覚えてくれた？　長谷《はせ》環奈《かんな》さん」

「はい。どうも、ようこそ」

長谷環奈はアパレルメーカーに勤めていて、はなとは流行病《はやりやまい》の頃、リモート呑み会で知り合った。リモート販売の企画を立て、大いに売り上げを伸ばしたという。当時は永野《ながの》つばさと同じ会社に勤めていたはずだ。

「今日、スパークリングワインある？」

「ヴィーノ・フリッツァンテっていうイタリアのお酒が、康平さんの一押し。果実味が豊富で、さらっとして、バランスが良いって。昆布出汁《こんぶだし》の料理と卵料理に合わせるのが最高ですって」

「じゃ、それもらうね。ボトルで」

環奈が「大丈夫なの？」と言いたげにはなを見た。はなはドンと胸を叩いた。実は今日は「奢るから出てこない？」とLINEして環奈を誘ったのだ。

「ついでに料理もお願いします。春菊のナムル、風呂吹き大根、マッシュルームオムレツ、レンコンのはさみ揚げ。取り敢えず以上で」

言いかけて、はなはもう一度メニューに目を遣った。

「あ、あと参鶏湯お願いします！」

皐はカウンターに引き返すと、グラス二つを並べ、ヴィーノ・フリッツァンテの栓を抜いた。コルク栓ではなく、ビールと同じ王冠になっていて、栓抜きで開ける仕様だ。

「乾杯！」

グラスを合わせて一口飲むと、果実味がじわじわと身体に沁《し》みこむようだった。

二三は春菊のナムルと取り皿をテーブルに運んだ。

「環奈さんは、永野つばささんがこの先にお店を出してるってご存じ？」

「はい。はなちゃんから聞きました。サンドイッチ専門店なんですよね」

「すごく評判なんですよ。土日がお休みで、生憎《あいにく》でしたね」

二三がテーブルを離れると、環奈は好奇心に目を輝かせて尋ねた。

「つばささん、あのイケメンのパン屋さんと結婚したの？」

イケメンのパン屋とは、月島に姉弟で店を構える「ハニームーン」の宇佐美大河《うさみたいが》のことだ。当時、つばさは事情があって大河に恋人のふりを頼み、会社の同僚たちに一芝居打ったのだった。

「ううん、別の人」

「あら、別口もいたんだ」

「今の店は半年限定で、新しく別の場所に店を構えるんだって。そのタイミングで結婚するんじゃないかな」

環奈は長々とため息をついた。

「いいわねえ。男運が良くて」

「あら、環奈さんだってモテるじゃない」

「全然よ。もしかしてダメンズウォーカーかも知れない」

「まさか」

はなは適当に話を合わせながら、環奈の様子を窺《うかが》った。機嫌よく話すうちに、元カレについて口を滑らせてくれれば良いのだが。

ちなみに「ダメンズウォーカー」とは、ダメ男ばかり渡り歩く女性を指す少し前の流行語だ。

「ホント、オムレツとよく合う」

マッシュルームオムレツとヴィーノ・フリッツァンテの組み合わせは絶妙だった。オムレツの繊細な旨さがより引き立つようだ。

「私、オムレツ運がないのよね」

「えっ、どゆこと？」

はなは頓狂《とんきょう》な声を出してしまった。

「渋谷に遊びに行ったとき、オムレツ専門店でランチしようとしたら、なんと、閉店してたのよ。楽しみにしてたからがっかり」

「あ、なるほど。でも、そういう事って、あるよね」

環奈はオムレツを口に入れて頷いた。

「まだある。最初にオムレツ作ろうとした時は、卵を床に落としちゃったし、次に作った時は、バターを切らしててサラダ油で作ったから、あんまり美味しくできなくて」

「でも、今日美味しいオムレツだったから、良いじゃない」

「それもそうね」

はなはグラスを傾けている環奈に、さりげなく尋ねた。

「ところで、Tシャツプレゼントした元カレって、どうだったの？」

環奈は思い切り顔をしかめた。

「ああ、あれ。もう、最悪！」

ヴィーノ・フリッツァンテの瓶は残り三分の一になっていた。環奈も適度に酔いが回ったようで、少し呂律《ろれつ》が怪しかった。

「私が通ってたジムで出会ったの。俳優の卵とか言ってたわ。同じ時間帯でトレーニングしてたんで、自然と口を利くようになって……イケメンでカッコいいから、つい油断したのよね」

環奈は忌々しげに唇をゆがめた。

「大して付き合ってもいないのに、やたらマウント取りたがるの。それと、ファッションとかヘアスタイルとか、自分の好みを押し付けてきて……だんだん、こいつヤバい奴《やつ》じゃないかと思い始めて、即逃げたわ。ジムを退会してLINEもブロックした」

環奈はグラスに残ったスパークリングワインを一気に飲み干した。

「ついでに思い出した。そいつ、私がオムレツ作ってあげたら、ケチャップびちゃびちゃにかけたのよ。あれじゃ味も何も分らないわ。作った人に対して失礼よね」

「その後、付きまとわれたりしなかった？」

環奈は首を振った。

「その点はホッとしてる。イケメンだからすぐに次の女ができたのかもしれない。その人には災難だけど、こっちは助かったわ」

はなは自分の左の鎖骨を指さして、慎重に尋ねた。

「変なこと聞くけど、その人、ここら辺に一円玉くらいの大きさの赤いあざがなかった？」

環奈は初めて訝るような目で、はなを見返した。

「……どうして知ってるの？」

はなは環奈に立つように促し、壁に貼られたポスターの前に連れて行った。

環奈は唖然《あぜん》とした表情で凍りつき、ポスターを凝視した。

「火曜日の夜、友達がこの男にバッグを引ったくられそうになった。揉み合いになった時、初めてデザインして売れた、私のTシャツを着てるのが見えたんだ。通販で買ってくれたお客さんは別として、直接買ってくれた人は、事件と関係ないって確かめたかった。それで……」

はなは環奈に頭を下げた。

「ごめんね。嫌な思いさせて」

環奈はごくんと唾《つば》を飲み込むと、大きく首を振った。

「はなちゃんのせいじゃないよ。私がバカだっただけ」

はなと環奈はテーブルに戻った。間もなく皐が参鶏湯の鍋《なべ》を運んできた。

「お待たせしました。シメの雑炊かうどんは、お店からサービスさせていただきます。お好きな方をどうぞ」

「良いの？」

「もちろん」

「ありがとう。ごっつぁん」

はなは厨房の二三と一子にも頭を下げた。

二人は鼻の頭に汗を浮かべながら参鶏湯を食べた。シメはうどんと決めた。

皐が参鶏湯の鍋を下げ、うどんを作って戻ってきた。

「どうぞ」

一子が氷入りの水のグラスを二つ、運んできた。

「環奈さんは、決して男運は悪くありませんよ」

唐突に言われて、環奈は驚いて一子を見上げた。

「だって危ないって気が付いて、すぐに別れたんでしょう。運の悪い人は気が付かないいま、ひどい目に遭うものですよ」

環奈は目を瞬いてはなを見た。

「そうかしら」

「そうだよ。ストーカー被害もなかったじゃん」

一子は環奈をいたわるように言葉を添えた。

「その人とのことは、厄落としをしたと思ってください。今度はきっと良い人に出会えます」

「絶対そうだよ。一子さんの言うことに間違いはないから」

「うん。そうだね。何か、そんな気がしてきた」

環奈は洟《はな》を啜り、参鶏湯うどんを箸で挟んだ。

翌日、はなは環奈と一緒に月島署を訪れ、担当の警察官に事情を打ち明けた。

「今まで黙っていてすみません。自信がなかったので、確認してからと思いました」

「昨日、彼女に言われて、ポスターを見て似ていると思いました。私が別れた相手も左の鎖骨に赤いあざがあったので、本人の可能性が高いです」

貴重な犯人情報の提供であり、二人ともいたって神妙な態度だったので、嫌味を言われたり叱責《しっせき》されたりすることもなかった。

「ご協力、ありがとうございました」

最後は丁重に礼を言われて帰された。

「良かったね」

はなと環奈はどちらからともなく口に出し、肩の力を抜いた。

数日後、ひったくり犯は逮捕された。

二三は朝刊の社会面のベタ記事を見て、思わず高い声を上げた。

「お姑さん、これ、これ！」

二三が見出しを指さすと、一子は新聞を受け取って老眼鏡をかけた。

「え〜と……警視庁月島署は、強盗の疑いで自称俳優・○○二十九歳を逮捕した。○○は九月下旬から東京都中央区方面でひったくりを繰り返し、未遂を含めて犯行は五件に上る」

一子は新聞をテーブルに下ろし、二三の顔を見返した。

「この人、環奈さんの別れた人かしらね」

「そんな感じね。自称俳優って書いてあるし」

「それにしても、どうしてこんなことしたのかしら」

「さあ。理由は何とでも説明つくわよ」

二三はひょいと肩をすくめた。

「でも、どんな言い分があろうと、ひったくりを繰り返すなんて、ろくなもんじゃないわ」

「まったくだわ。環奈さん、早めに別れてよかったわね」

「そうそう」

二三は一子に微笑みかけた。

「お姑さんの言う通り。環奈さん、男運は悪くなかったわ」

第四話 サンタのおもち

「あ〜あ、いやんなっちゃう。もう十二月よ」

「夏が終わったと思ったら、今年も終わりかあ」

「シルバーウィークが、つい昨日のことみたいな気がするのに」

「毎年このパターンで一年が終わるのよね」

四人で来店したワカイのOLは、口々にぼやいた。

それを耳にした皐《さつき》も「そうよねえ」と心の中で共感した。毎日違った日を送っているはずなのに、ふと気が付けば一年の終わりが迫っているのは何故《なぜ》だろう。

「さっちゃん、カツカレー、小鉢セットで」

ご常連の中年サラリーマンが、人差し指を立てて注文した。五十円の小鉢プラスの意味だろう。

別のお客さんからも注文の声が飛んだ。

「日替わりの麻婆《マーボー》白菜、小鉢プラスね」

麻婆白菜は新作だった。夏に麻婆ナスがあるなら冬は白菜で……ということで思いついた。冬に美味《おい》しい白い野菜がたっぷり摂《と》れて、麻婆味はご飯が進む、まさに一石二鳥の料理ではないか。

「はい、カツカレーと日替わり麻婆、小鉢プラスのセットで！」

厨房《ちゅうぼう》に注文を通すと、すぐに出来上がった料理を盆に載せて定食をセットし、客席に運ぶ。

「お待たせしました」

今日のはじめ食堂のランチタイムは、日替わりが麻婆白菜と鶏《とり》じゃが、焼き魚がホッケの干物、煮魚がカラスガレイ。ワンコインはカツカレーとオムカレー、そして豚しゃぶのぶっかけ素麵《そうめん》。

冬に冷たい麵はミスマッチと思いきや、意外と人気がある。会社勤めのお客さんの多くが、暖かいオフィスでデスクワークをしているからだろう。仕上げには大根おろしをたっぷり載せて貝割れを散らし、見た目も涼しげだ。豚しゃぶもただ茹《ゆ》でただけでなく、塩とゴマ油をもみ込んであるので一味違う。

お客さんは軽快な音を立てて素麵を啜《すす》り込んだ。その食べっぷりを見れば、今日のぶっかけ素麵の出来が分る。

他《ほか》に定番メニューでトンカツ定食、海老《えび》フライ定食と唐揚げ定食がある。

小鉢は餡《あん》かけ豆腐と、五十円プラスで新作・エノキの塩辛炒《いた》め。エノキをバターで炒めて塩辛を加え、仕上げに粗びき黒胡椒《くろこしよう》を振る。塩辛が具材と同時に味付けにもなる、笠原《かさはら》将弘《まさひろ》シェフの技ありレシピだ。

漬物は一子《いちこ》手製のカブの糠《ぬか》漬け葉っぱ付。糠床は嫁入りの時から丹精してきたヴィンテージもので、今や貴重品といって良い。

そして、本日の味噌汁《みそしる》は……。

「さっちゃん、味噌汁にトマト入ってるの？」

一口飲んだワカイのOLが、驚いた顔で声をかけた。

「はい。今日はゴマトマ豚汁です」

「あ、そう言えばゴマの香り……」

皐はほんの少し心配そうに尋ねた。

「新作なんですけど、如何《いかが》ですか」

四人のOLは一斉に頷《うなず》いた。

「おいしい。変わってるけど、良い味」

「ゴマであったまるわ。スタミナも付きそう」

「良かった」

皐はにっこり笑い、厨房の二三《ふみ》にOKサインを送った。二三はフライパンを振りながら、皐に向かって親指を立てた。

ゴマトマ豚汁の具材は豚コマとゴボウ、生椎茸《しいたけ》、トマト、生姜《しょうが》、白すりゴマ。具材を炒めてから水を加え、ひと煮立ちしたら味噌を溶く。具材の旨味《うまみ》とすりゴマのコクで、出汁《だし》は要らない。

皐から「新しいレシピの味噌汁を出してみたい」と提案された時、一三も一子も二つ返事で承知した。

「さっちゃんはお味噌汁の専門店を出したいんでしょう。うちにいる間に、どんどん試作品を試してよ」

「私たちは頭が固いから、あんまり新作が考えられないのよ。さっちゃんが色々新メニューを出してくれたら、きっとお客さんも喜ぶわ」

予想はしていたが、言葉に出して言われると、皐は嬉《うれ》しいと同時に身の引き締まるような責任も感じた。味噌汁は日常の食べ物だ。常連のお客さんに敬遠されるような味噌汁は出せない。

「ありがとうございます。私、内容と手間と材料費を考えて、アバンギャルドな味は、夜用にしていきます」

アバンギャルドと言われて一子は一瞬「はて？」と思ったが、要するに一般向きでないというほどの意味だろうと納得した。

「夜のメニューで、シメに味噌汁っていうのもいいですよね」

「そうね。お酒の後だと、欲しくなるかもね」

二三は昔「呑《の》んだ後のラーメン」を欲していた時代を思い出した。今は呑んだ後は素麵かにゅう麵くらいがちょうど良い。軽い味わいの味噌汁もその範疇《はんちゅう》に入るだろう。

「……というわけで誕生した新メニュー」

二三がほうじ茶を注《つ》ぎ足しながら言うと、野田梓《のだあずさ》は椀《わん》を両手で包んで、ゆっくりと汁を啜《すす》った。

「うん、イケる」

「でしょ」

「すりゴマも良いし、トマトも良いアイデアね。今は和食によく使われるわよね。おでんとか冷製の煮物とか」

トマトの旨味成分はグルタミン酸で、昆布の旨味と同質であり、和食との親和性は高い。

「出汁を使わなくても、これだけの味が出せるんだ」

三原茂之《みはらしげゆき》もゴマトマ豚汁を啜って、感心したように言った。

「トマト、椎茸《しいたけ》、豚肉、ゴボウと、出汁の出る具材が入ってますから。それに、すりゴマのコクもあるし」

二三が皐に代わって説明した。皐は三原と梓の感想に耳を傾けながら、空いたテーブルを片付けている。

時刻は午後一時三十分を回ったところだ。開店の十一時半から三回に渡って押し寄せたお客さんの波も、今はすっかり引いて、店にいるのは遅いランチのご常連の三原と梓だけだった。

「このエノキの塩辛炒めもおつな味ね。ご飯が進むし、日本酒にも合いそう」

梓はエノキの塩辛炒めをご飯に載せ、一箸口《ひとはし》に入れた。

「レシピ本で見つけたの。簡単だし、経済的」

「今、塩辛も結構料理に使われてるわよね。ピザとかパスタとか……居酒屋メニューで、じゃがバタに塩辛トッピングするの、流行《はや》ってるわよ」

「ある程度味が濃くて具材にもなるから、使い易いんだと思うわ。ほら、塩昆布なんか山のようにレシピあるでしょ」

「皐さん、今度はどんな新作、考えてるの？」

三原がカラスガレイの身を骨から剥《は》がしながら訊《き》いた。

「冬野菜たっぷりのひっつみ汁とか、節分のお豆を入れた節分汁とか、色々考えたんですけど、どうしても具沢山に偏ってしまって。もうちょっとすっきりした……今頃《いまごろ》だったらジャガイモと桜エビとか、カブとベーコンとか、カボチャと春菊《しゅんぎく》のゴマ味噌汁とか」

皐が宙を見上げて指を折ると、梓がホッケの干物に伸ばしかけた箸を止めた。

「ひっつみって岩手県の郷土料理よね。あれ、確か醤油《しょうゆ》仕立てじゃなかった？」

ひっつみとは小麦粉を水で練ったものを、手でちぎって汁に入れて具材にするのだが、その他の具材も多岐にわたる。

「はい。ただ、各家庭で色々な作り方があって、味噌仕立てもあるそうなんです」

「ああ、僕は山形の人から聞いたことがある。有名な『いも煮』は同じ県内でも、牛肉で醤油味か、豚肉で味噌味かに分れるって」

それを受けて梓も言葉を添えた。

「そうそう、同じ県の中でも、元の藩が違うと文化が違うのよね。山形県だって庄内《しょうない》藩と米沢《よねざわ》藩じゃ、色々違うんですって」

幕末には二百八十の大名家があった。それを統廃合して四十七都道府県を配置したのだから、文化も伝統も違いがあって当然だろう。

「大体、南部《なんぶ》藩と津軽《つがる》藩を合わせて青森県にしたのは、明治政府も無茶苦茶だと思うよ。すごく仲が悪くて仇敵《きゅうてき》みたいだったのに」

「確か、津軽藩主の暗殺未遂事件が起こってますよね」

「さすが野田さん、よくご存じだ」

三原は嬉しそうに頷いた。梓はランチに来るときはスッピンに黒縁眼鏡《くろぶちめがね》で、中年の女教師のような雰囲気だが、長年銀座の老舗《しにせ》クラブでチーママを務めている。巧みな座持ちと話術が武器なので、読書をはじめ情報収集には余念がない。

「もしかして、首謀者は相馬《そうま》大作《だいさく》っていう人じゃない？」

一子が額に人差し指を当てて呟《つぶや》いた。

「そうですよ。よくご存じですね」

相馬大作事件は戦前、多くの小説や映画に取り上げられ、戦後も関連する作品が作られた。

「子供の頃、講談で聞いたことがあるわ」

答えてから、一子は苦笑を漏らした。

「三分前のことも忘れちゃうのに、八十年も前のことはどうして覚えてるのかしらねえ」

「そういうもんですよ」

三原はにこやかに言った。

「僕だって子供の頃のことはいくらでも思い出せるのに、毎日老眼鏡をどこに置いたか忘れて、探し回ってますよ」

「私も」

二三が言うと、梓も「右に同じ」と手を挙げた。

食堂に小さな笑いの波が広がった。すると親子以上に年の離れた人たちの輪の中で、皐はいつも不思議な安らぎを感じるのだった。

「こんばんは」

その日、夕方店を開けたはじめ食堂に最初に現れたのは、辰浪康平《たつなみこうへい》と菊川瑠美《きくかわるみ》のカップルだった。

「さすが師走《しわす》ね。冬らしくなってきたわ」

瑠美はコートを脱いでカウンターの椅子に腰を下ろした。

「お飲み物は何がよろしいですか」

おしぼりとお通しを運んできた皐が言った。今日のお通しはランチの有料小鉢だった、エノキの塩辛炒めだ。

「何が良いかしら」

おしぼりで手を拭《ふ》きながら瑠美が康平に訊いた。

「そうだなあ。まずメニューを決めてからにしようか」

「そうね。ええと」

瑠美は嬉しそうにメニューを手に取った。二人ともそろそろ中年に差し掛かっているので、「とりあえず」でビールやチューハイを呑むのではなく、最初の一杯から料理に合う酒を選ぶようにしようと、話し合ったのかもしれない。

「冬野菜の蒸しサラダ黒ゴマドレッシングって、良くない？　ベジファーストだし」

「うん。それと、チーズと大葉のはんぺんフライ」

「あら、牡蠣《かき》と小松菜のチリソース炒めですって。すてき」

すると、皐が遠慮がちに口を挟んだ。

「あのう、実はシメにお勧めの料理があるんです」

康平も瑠美もメニューから皐に目を移した。

「新作で、牡蠣とカブのとろろ汁です」

「季節感たっぷりで、胃に優しいわね。とろろ汁はあったまるし」

「チリソース炒めだと牡蠣が重なっちゃいますけど、大丈夫ですか」

康平は笑って手を振った。

「全然問題ない。俺《おれ》たち、牡蠣好きだし」

「とりあえずそんなとこで……。康平さん、お酒、どうする？」

「最初は黒糖焼酎《しょうちゅう》、試してみようか」

「黒糖焼酎って、甘いの？」

「香りは甘いけど、味はドライ。ぽん酢と合うんだよね。だから黒ゴマドレッシングとも相性好《い》いはず」

康平は指を二本立てて言った。

「さっちゃん、長雲一番橋《ながくもいちばんばし》、一対一の水割りで二つ」

「はい」

皐が厨房へ戻ると、康平はカウンター越しに二三に尋ねた。

「おばちゃん、今年も忘年会、やるんでしょ」

「もちろん」

二つ返事で答えてから、二三はほんの少し表情を曇らせた。

「ただねえ、最近ちょっとマンネリになってきたような気もするのよね」

「そんなことないわよ、二三さん。お料理だって毎回新作が登場するし」

「ありがとうございます。ただ、お客様がこれまでとは違うって感じてくださるような趣向があればと思って」

そこへ皐が長雲一番橋の水割りを運んできた。長雲は黒糖焼酎の酸味と旨味が程よく溶け合い、水との相性が良い。ぽん酢系の調味料の料理に合わせると、その旨味がぐんと伸びる。

「乾杯」

二人はグラスを合わせた。

「お待たせしました」

続いて冬野菜の蒸しサラダが運ばれた。カボチャ、ゴボウ、ニンジン、カブ、ブロッコリーの冬野菜を蒸して、黒すりゴマと練りゴマ、ぽん酢醤油、砂糖、ゴマ油を合わせたドレッシングをかける。加熱して食べると、身体を温める力が野菜に加わるのだ。

「すごい、合う！」

黒ゴマドレッシングをかけたカボチャを口に入れた瑠美が、目を丸くした。さらに長雲を一口飲んで、感心したように言った。

「確かに、レモンやお酢の酸味とは違うわね。ぽん酢の出汁が、黒糖焼酎の旨味を引き出してる感じがする」

「さすが」

康平は嬉しそうにグラスを掲げ、長雲をごくりと飲んだ。

「実はね、花火を上げたらどうかって相談もしたのよ」

カウンターの一番端に腰を下ろしていた一子が言った。

「そりゃあ豪勢だな」

「ところが値段がね。大赤字で、とても無理」

「まあ、そりゃそうかもな」

康平が頷いて、ブロッコリーをつまんだ。

二三ははんぺんフライを揚げながら話を引き取った。

「尺玉より小さい、三号玉や四号玉なら、一発三千円から五千円くらいなんだけど、資格がないと打ち上げできないのよ。専門家に頼むとどうしても五十発で三十万から四十万はかかるって」

「まあ、妥当だよな。花火師さんに出張してもらうとなると」

「家庭用の花火買って、みんなで店の前で花火大会やろうかとも思ったんだけど……」

「ダメなの？」

「だって、よそのお宅の前まで人があふれちゃうでしょ。下手すると警察沙汰《ざた》よ」

「そうだなあ。家の前で見も知らない連中に花火なんかされたら、物騒に思うよな」

「カラオケ大会とかは？」

瑠美の提案に、二三も康平も浮かない顔をした。

「あれは好き好きだから……嫌いな人もいるし」

「俺もはじめ食堂でカラオケは、ちょっと違うな」

「何か良いイベント企画、ないかしらね」

そこへ入り口の戸が開き、新しいお客さんが入ってきた。

「いらっしゃい、ケンさん」

皐がカウンターから挨拶した。

「こんばんは」

ケン・マーフィーは康平と一つ離れたカウンターの席に腰を下ろした。

「お飲み物、どうします？　メニューを決めてからにしますか」

ケンはおしぼりで手を拭きながら首を振った。

「まずは中生。続きは後で」

二三はカウンター越しに康平と瑠美の前にはんぺんフライの皿を差し出しながら、ケンに言った。

「今日、さっちゃんの新作メニューがありますよ」

「それは、どんな？」

生ビールを運んできた皐が説明した。最後に「シメに良いですよ」と付け加えると、ケンは即座に応じた。

「それ、二番目に出してもらえませんか？　ええと、オードブルの後で」

「はい、大丈夫です」

ケンはメニューに目を走らせた。

「まずシーフードサラダ、そしてオイスタースープ、それから……」

ケンの視線がメニューの一点で止まった。

「ぶりのアヒージョください。シメは、その後で頼みます」

注文を終えると、康平と瑠美に向かってジョッキを掲げ、小さく会釈してから口を付けた。

「ケンさん、年末は忙しい？」

「まあまあです。コーヘーさんは忘年会シーズンで、忙しいでしょう」

「うん。忘年会と新年会は、やっぱり酒が出るよね」

ケンはちらりと康平のグラスを見た。ケンは日本酒の輸出も手がけており、造詣《ぞうけい》が深いので、短い間に二人はすっかり「呑み友達」になってしまった。康平は自分のグラスを指さして言った。

「これは『長雲一番橋』っていう黒糖焼酎の水割り。ぽん酢とすごく相性がいいんだ」

「黒糖焼酎……黒砂糖ね。呑んだことないな」

「香りは甘いけど味はドライだよ。それと、次に来る牡蠣と小松菜のチリソース炒めには、『蔵《くら》の師魂《しこん》』っていう芋焼酎のソーダ割を頼む予定。ライチみたいな甘い香りで、四川料理みたいなピリ辛の味とすごく合うよ」

ケンはパチンと指を鳴らした。

「それじゃ、アヒージョにも合うね」

「うん、バッチリ」

ケンと康平は、まるで共犯者のようにニヤリと笑みを交わした。

「お待たせしました」

皐がシーフードサラダを運んできた。レタス、ルッコラ、ミニトマトの間に刺身用のマグロ、ホタテガイ、甘えび、とびっこを散らしてあるので、見た目はとてもカラフルだ。ドレッシングは酢ではなくレモンを使い、黒胡椒を利かせている。

箸を使ってもりもりとサラダを食べ進むケンを見て、瑠美が尋ねた。

「ケンさんは、苦手な食べ物はないの？」

「ラッキーなことに、ないです。もちろん、好きな料理と、それほどでもない料理はあるけど、お腹《なか》が空《す》けば不味《まず》いものでも食べます」

「本当に、何でも食べられるって、ラッキーだと思うわ」

瑠美は康平とケンを交互に見て言った。

「この前、出版社の打ち合わせの後で食事したの。新刊の装丁してくださるデザイナーさんとは初めてのお仕事だったので、親睦《しんぼく》を図る意味もあって」

瑠美はほんの少し困ったような顔になった。

「私、全然知らなかったんだけど、その方、ヴィーガンだったの」

「え〜と、菜食主義者？」

康平が訊くと、瑠美はますます困った顔で頷いた。

「あのね、私たちが考える菜食主義とはレベルが違うのよ。動物性食品一切だめなの。卵や乳製品はもちろん、カツオ出汁もドレッシングもだめなの」

康平もケンも顔に戸惑いを浮かべた。

「それは……厳しいですね」

ケンが言うと、瑠美は何度も頷いた。

「そのお店、普通の居酒屋さんだったの。だから彼女が食べられるのは枝豆と、冷奴《ひややっこ》と、ドレッシングかけないサラダと、白いご飯。あと、じゃがバターのバター抜き」

「それはきついなあ」

康平は天を仰いだ。

「彼女は恐縮して『どうぞお気遣いなく』って言ってたけど、やっぱり気になるわよ。最初から分ってたら、ヴィーガン食のお店を予約したんだろうけど」

「日本の精進料理のお店はダメですか？」

ケンが尋ねると、瑠美は首を振った。

「ヴィーガンの人は日本の精進料理はＮＧなんですって」

「どうしてですか？」

二三まで身を乗り出して訊いた。

「あの〜、日本料理って味付けに砂糖を使うでしょ。白砂糖って、精製する時、牛の骨を焼いた炭を使うことがあるんですって。牛の骨にまみれたから、純粋な植物由来とは言えないってことみたい」

二三は思わずため息をついた。

「前にイスラム教徒の方がいらした時は、何とか食事を楽しんでいただけたけど、ヴィーガンの方は難しいわね」

「彼女も大変だと思うわ。お茶までは何とかなっても、食事となったらほとんど無理だもの。仕事にも影響するんじゃないかしら」

「その人、どうしてヴィーガンになったんだろう」

康平は腑《ふ》に落ちない顔で首をかしげた。

「体調不良が改善したんですって。長年悩んでいた不調が治ったって。彼女の体質には合ってたんでしょうね」

「お待たせしました」

康平と瑠美の前には牡蠣と小松菜のチリソース炒めが、ケンの前には牡蠣とカブのとろろ汁が置かれた。

「さっちゃん、『蔵の師魂』ソーダ割二つ」

康平に続いて、ケンも注文を告げた。

「鶴齢《かくれい》の純米吟醸を一合、ぬる燗《かん》でください」

それを聞いて康平はまたしても「おぬし、やるな」と思った。鶴齢は冷やすと鰯《いわし》のタタキや戻りガツオの刺身に合うが、ぬる燗にすると粕汁《かすじる》や味噌仕立ての鍋《なべ》ものに合う。牡蠣の味噌汁にはピッタリのパートナーだ。

康平は牡蠣と小松菜のチリソース炒めを一口齧《かじ》った。濃厚な牡蠣の旨味がピリ辛味のソースに絡み、舌の上で華麗に舞って喉《のど》を滑り落ちた。次の瞬間にはご飯が欲しくなるが、酒も欲しくなる。蔵の師魂のソーダ割が、甘い香りで舌に残る辛みをきれいに洗い流した。

康平と瑠美は思わず目を細め、うっとりとしてため息《いき》を洩《も》らした。

ケンは両手で椀を包み、静かに味噌汁を啜った。とろりとした舌触りと牡蠣の出汁が舌の上を滑った。三つ葉の香りが爽《さわ》やかに鼻腔《びこう》を通り抜ける。

鶴齢の猪口《ちょこ》を傾けると、穏やかな味わいで旨味が膨らみ、切れがある酸味が後味をリセットしてくれた。味噌汁、酒、味噌汁と、永久運動のように続けていたい……。

三人が永久運動を止めて一息ついた時、一子が口を開いた。

「そのヴィーガンの方の話を聞いたら、あたし、昔読んだ清水正二郎《しみずしょうじろう》の『肉の砂漠』を思い出したわ」

一子は若い人たちに分るように説明を加えた。

「清水正二郎は本名で、胡桃沢耕史《くるみざわこうし》のペンネームで直木賞を取ったんじゃないかしら」

「あ、知ってる。『翔《と》んでる警視』シリーズ、書いた人」

すぐに二三が応じた。

「清水正二郎は特異体質で、子供の頃から肉しか身体《からだ》が受けつけなかったんですって。お母さんが苦労して野菜を細かく刻んでひき肉に混ぜて、ハンバーグを作って食べさせても、吐いてしまったって。それが戦争で、だんだん肉が手に入りにくくなって、もう死ぬしかないと覚悟したらしいんだけど……」

清水はモンゴルへ行けば、仁丹《じんたん》と交換でいくらでも羊肉が手に入ると聞き知った。これしか生きる道がないと覚悟した清水は必死にモンゴル語を勉強し、仁丹を大量に買って大陸に渡り、三年間放浪した後、現地で応召した。

「その時確かまだ大学生で、二十歳《はたち》くらいだったのよ。なんて行動力のある人だろうと思って感心したわ。あたしなら諦《あきら》めて飢え死にしてたんじゃないかしら」

一子は遠くを見る目になって、しみじみと言った。

「あのう、仁丹って、あの仁丹ですよね？」

ケンが腑に落ちない顔で確認した。小学校時代を日本で暮らしているので、仁丹が銀色で粒状の、口中清涼剤であることは知っているらしい。

「どうして仁丹なんですか？　薬でもないのに」

「『肉の砂漠』には、昔のモンゴル人は生まれてから薬を飲んだことがないので、仁丹を飲めば頭痛も腹痛も、全部治ってしまうって書いてあったわ。だから万能の特効薬として、仁丹はすごい希少価値があったそうよ。仁丹ひと箱と、羊二十五頭を交換すると言ってきた人もあったって」

一子以外は「まさか」と思いつつも「もしかして」と思い直し、互いの顔を見つめ合った。

「あの本を読んだとき感じたのは、あたしは日本人の平均に生まれて運が良かったってこと。清水正二郎みたいな特異体質でなくても、平均から大きく外れてしまうと、苦労が大きいもの」

一子の言葉は、皐の胸に沁《し》みた。女の心を持ちながら男の身体に生まれてしまった皐は、本来の性を取り戻すためにいくつもの困難を乗り越えなくてはならなかった。幸い、心を許せる友人にも恵まれ、周囲の人々は皐を理解して受け容《い》れてくれる。だが、普通の女性に生まれていれば、もっと違った生き方ができただろう。

「考えてみれば、俺もラッキーだよな。鶏が先か卵が先かだけど、実家が酒屋で酒好きだから」

瑠美は小さく頷いて、康平の背中をそっと撫《な》でた。

「イチコさんみたいに考えられる人は、素晴らしいです」

ケンがまじめな顔で言った。

「多くの人は、変わった人を見ると、自分とは関係ないと思って、それ以上考えません。でもイチコさんは、もし自分がその人だったらと考えました。とても素晴らしいです」

「ありがとう、ケンさん。昔、学校の先生に褒められた時みたいな気分よ」

一子は照れ臭そうに微笑《ほほえ》んだ。その笑顔を見て二三は「お姑《かあ》さんは平均より飛びぬけて美人なのに」と言いたくなったが、実際には康平と瑠美に「次は牡蠣とカブのとろろ汁ですけど、ご飯セットにしますか」と尋ねた。

「うん、もらう。お新香は何？」

「白菜。今日で漬けて五日目。ちょっと若いけど、美味《おい》しいわよ」

「ダブルでちょうだい。俺、白菜大好き」

二三の隣で皐はぶりのアヒージョを仕上げていた。オリーブオイルの中を泳ぐニンニクの香りがカウンターに漂ってきて、ケンは鼻をヒクヒクさせて言った。

「すみません、蔵の師魂のソーダ割ください」

「はい、お待ちください」

まずはアヒージョの小鍋が運ばれてきた。ぶりの他にブロッコリー、ミニトマト、エリンギが入っている。薄切りのバゲットが添えられていた。アヒージョの煮汁にパンを浸すと、贅沢《ぜいたく》なガーリックトーストになる。

ケンは火傷《やけど》しないように注意深くぶりを一箸口に入れ、蔵の師魂のソーダ割で追いかけた。ライチに似た香りが、唐辛子の辛さを吹き飛ばすようだった。

「ケンさん、忘年会は来る？」

「忘年会？」

「毎年、暮れの最後の営業日にやってるの。今年は二十七日」

康平に代わって瑠美が答えた。

「どんなことやるんですか?」

「一人三千円で食べ放題、飲み放題。毎年、いろんなご馳走《ちそう》が出るのよ」

「それは楽しそうですね」

ケンは興味をそそられて目を輝かせた。

「おばちゃんたち、今年はイベントも考えてたんだって。でも花火は高すぎてダメで、カラオケもピンとこないし……」

「ケンさん、何か良いアイデアない?」

瑠美の問いに、ケンは腕組みして眉《まゆ》を寄せた。そして一分ほど考え込んだ後、パッと眉を開いた。

「餅《もち》つきはどうですか?」

康平がカウンター越しに一子に訊いた。

「おばちゃん、どう?」

「うち、杵《きね》と臼《うす》がないから」

一子が残念そうに答えると、ケンがカウンターに身を乗り出した。

「知り合いの柔道場が、毎年一月八日に餅つきをします。そこで貸してもらいましょう」

一子は思わず二三を見た。二三は「イケる!」と思いつつ、ケンに訊いてみた。

「あのう、うちに貸していただけるでしょうか」

「頼んでみます。多分大丈夫ですよ。ＯＫもらったら、僕が車で運んできます」

ケンも自分のアイデアに、心が弾んできた様子だった。

「親友がずっと通っていた道場で、僕も彼と一緒に、毎年餅つきに参加してました。一年に一回しか使わないので、頼めば貸してくれますよ」

一子が二三を見て言った。

「もし店で餅つきができたら楽しいわね。つきたてのお餅で餡ころ餅や辛味餅を作って配ったら、お客さんも喜ぶわ」

二三も同じ気持ちだった。

「そうよね。餅つきなんて。はじめ食堂始まって以来だもん」

二三と一子はケンに向かって頭を下げた。

「ケンさん、よろしくお願いします！」

「お任せください」

ケンは笑顔で胸を叩《たた》くと、バゲットの最後の一切れにアヒージョの汁を染みこませた。

「あのう、シメの料理ですが」

「はい、どうぞ」

ケンはカウンターにほんの少し身を乗り出した。

「いつかヤマテさんに作っていた、半熟のスペシャルな卵かけご飯、できますか？」

「シュア！　お任せください」

二三も笑顔でドンと胸を叩いた。


高田馬場《たかだのばば》の駅で降り、早稲田《わせだ》通りを西へ進んで左に折れた先に鉄砲稲荷《てっぽういなり》があった。ここまで徒歩十五分ほどだろうか。

二三は立ち止まって周囲を見回した。ケンは「鉄砲稲荷まで来れば、すぐ分ります」と言っていたが……。

「あった！」

十メートルほど離れた場所に建つビルに「いなり道場」の看板が見える。二三は足を速めた。

昨日ケンから「レンタルの件、ＯＫでした。明日の午後、ちょっと見に行きますか？」と尋ねられ、二つ返事で承知した。今日は土曜日でランチ営業はないし、杵と臼を貸してくれる親切な道場主さんには、事前にご挨拶《あいさつ》しておきたい。

「いなり道場」は五階建てで、ちょっとしたマンション並みの規模だった。地下には駐車場もあるらしい。ガラスのドアを押して中に入ると、玄関ホールに隣接して練習場があった。木の扉の向こうから、気合と一緒にドシンと重量感のある音が響いてくる。

「失礼します」

声をかけてから木の扉を開くと、一畳ほどの広さの三和土《たたき》で、壁に沿って下駄箱が置いてあった。稽古場は一段高くなっていて、畳敷きの広いスペースだった。そこでは道場着を着た小学生から中学生くらいの少年たちが二十人ほど、組み合って稽古《けいこ》に励んでいる。

稽古場の奥にはケンと、柔道着を着た指導者らしい大人の男性がいて、二三を見ると少年たちを避《よ》けながら近寄ってきた。

「どうも、初めまして。佃《つくだ》で食堂をやっている一《にのまえ》と申します」

二三が頭を下げると、男性も丁寧にお辞儀をした。年齢は四十代半ばくらいで、ケンと同年代だ。

「初めまして。道場副長の稲成正輝《いなりまさき》と申します」

二人が頭を上げると、ケンが正輝を紹介した。

「マサは道場長の息子さんです。稲成道場は曾《ひい》お祖父《じい》さんの代から続いてる名門で、オリンピック選手を何人も出してるんですよ」

「まあ、それはすごいですね」

子供相手の柔道教室かと思ったので、二三はびっくりして正輝を見直した。

「いや、それはたまたまです。彼らは何処《どこ》の道場に通っていても、才能を開花させたはずですから」

正輝が謙虚に言うと、ケンは上を指さした。

「二階は高校生以上の男子、三階は女性の稽古場です」

「うまく分れてるんですね」

「スペースの問題もありますから」

正輝はケンと二三を見て言った。

「杵と臼は駐車場に置いてあるんで、ご覧になりますか？」

「はい、よろしくお願いします」

正輝は稽古場を振り返り、ポンと手を鳴らして「やめ！」と声をかけた。少年たちは一斉に動きを止め、正輝の方を見た。

「ちょっと席を外すから、約束稽古の自主練して待つように」

少年たちは「はい！」と声を揃《そろ》えた。

「じゃ、ご案内します」

正輝とケンは下駄箱から履物を出し、三和土に降りた。廊下に出ると、入り口の近くにエレベーターがあった。

柔道には約束稽古、捨て稽古、かかり稽古、ぶつかり稽古、乱取りなど、いくつか種類があると、エレベーターが来るのを待つ間にケンが教えてくれた。

「ケンさんも柔道をやってるんですか？」

「僕は見るだけ。僕の親友がここの門弟でした」

「ジョーは……譲《ゆず》っていう名前なんですけどね、家が近所で小学校から高校まで一緒だったんです。社会に出てからも、趣味で稽古を続けてました」

と正輝が続けた。

エレベーターが来て、三人は地下に降りた。駐車場には車が六台停《と》まっていた。車で道場に来る人もいるのだろう。

「これです」

駐車場の隅に、ベニヤで作った大きな箱が置いてあった。正輝が両手で箱を持ち上げると、底がなくてすっぽりと外れた。中からはビニールで梱包《こんぽう》された杵と臼が現れた。

「杵と臼はすぐには使えないんですよ。一晩水を張ってからでないと」

「まあ、そうなんですか」

二三は餅つきなどしたことがないので、予備知識ゼロだった。どこに置けばいいのかと思うと、困惑した。

それを察したように、正輝が言った。

「使う日まで、うちで水を張っておきますよ」

「よろしいんですか？」

「助かった！」と思う気持ちがもろに顔に出ていたのだろう、正輝は笑みを浮かべた。

「大丈夫ですよ。うちも毎年、前の日から水を張ってここに置いとくんです」

「ご親切にありがとうございます。助かりました」

二三は深々と頭を下げた。

「よろしかったら、二十七日の忘年会にいらしてください。せめてものお礼に、ケンさんと稲成さんのお二人は無料でご招待させていただきます」

「どうぞ、お気遣いなく」

正輝は軽く首を振ってから、ケンの方を見た。

「毎年、餅つき大会の日は、ケンにビールや日本酒を差し入れしてもらってるんです。こんなことで役に立てるなら、むしろありがたいですよ」

「杵と臼は、当日の午後、僕が車で店に運びます」

「もち米は前の日から浸水させておいてくださいね」

餅つき未経験の二三に、正輝は親切にアドバイスした。

「分らないことはケンに聞いてください。彼は搗《つ》き手も返し手もできますから」

餅つきの際、満遍なく搗けるように、臼の中のもち米をひっくり返す人のことを「返し手」という。

二三はすっかり尊敬のまなざしになってケンを見た。

「すごいですねえ」

「門前の小僧です。見ているうちに何となく覚えて」

ケンは駐車場に停めてある車を指さした。

「駅まで送ります。一階で待っててください」

ケンは車に向かい、二三は正輝とエレベーターに乗った。

「曾お祖父さまの代から続いているなんて、すごい道場ですね」

「運が良かったんですよ。昔はこの辺の土地は二束三文でしたから」

エレベーターを出ると、玄関に向かいながら正輝は言った。

「うちは四階に両親と僕の家族が二世帯で住んで、五階は賃貸にしてます。家賃収入が保険代わりですね」

外に出ると、ケンが車を出してきた。二三は車に疎いのでまるで知らなかったが、ケンの車はアストンマーティンで、ジェームズ・ボンド御用達だった。

すると、後ろから柔道着姿の七十代らしき男性が現れた。正輝と顔が似ているので、すぐに父の道場主だと分った。

正輝は父を振り返り、二三を紹介した。

「お父さん、ケンの知り合いの一さん」

「どうも、はじめまして」

二人はお互いに一礼した。さすがに柔道家で、高齢だが背筋が伸び、堂々たる体格をしていた。

「大先生、ちょっと駅まで行って、すぐ戻ります」

ケンがわざわざ車から降りて、稲成の前に立って告げた。稲成は穏やかな表情で頷いた。

「黒沼《くろぬま》が代稽古に入るから、急がなくていいよ」

「はい。それじゃ、行ってきます」

ケンは一礼すると二三を助手席に乗せ、車を発進させた。

「大先生も息子さんも、親切で良い方ですね」

二三の言葉に、ケンは何度も頷いた。

「二人とも優しくて、心の広い人です。ああいう方たちに出会えただけでも、日本に帰ってきて良かったと思います」

ケンの口調はしみじみとして、瞳《ひとみ》は少し潤んでいた。

車はすぐに高田馬場駅に到着した。二三は車を降りる前に言った。

「ケンさん、また店にいらしてください。おごりますよ」

「ありがとう」

走り去る車を見送りながら、二三は正輝の話に出てきた「ジョー」のことを思った。二人のやり取りから、何となく今は二人と離れた場所にいるのを感じた。外国にいるのか、入院しているのか、あるいはすでにこの世の人ではないのかもしれない。

興味はあったが、尋ねるのははばかられた。いつかケンが話してくれる時が来るまで、待つしかない。そして話したくないなら、それはそれで仕方ない。自分の思い出を誰《だれ》と分かち合うか、人によって違うのだから。


その日、いつもの土曜日と同じく、はじめ食堂は夕方から店を開けた。

すると開店から間もなく、ケンが店に現れた。

「いらっしゃい！　今日はどうもありがとうございました」

二三は厨房を出てカウンターの前に立った。

「いいえ。ユアウェルカム」

英語で「どういたしまして」と答えてから、ケンは肩をすくめた。

「寒いですね」

「いよいよ冬本番ですね」

皐がおしぼりとお通しのあんかけ豆腐をケンの前に置いた。

「多摩《たま》の方に行ってきたんです。都心より少し気温が低いですね」

ケンはおしぼりの温かみを移すようにしながら手を拭いた。

「最初にあったかいお茶でも出しましょうか」

「それはありがたい。お願いします」

二三は早速急須にほうじ茶の茶葉を入れて熱湯を注いだ。

「ケンさん、ひき肉とニラの韓国風味噌スープは如何ですか。あったまりますよ」

皐がメニューを開いて示すと、ケンは顔を近づけて確認した。

「あ、これは良さそうだな。もらいます」

豚ひき肉とニラの他、豆もやしと長ネギも入って具沢山だ。生姜とニンニクが入っているので、芯《しん》から体が温まる。赤だしが利いてコクがあり、仕上げにラー油を垂らして糸唐辛子をトッピングするので、食べ終わる頃には汗ばむだろう。

ケンはゆっくりとほうじ茶を啜りながら、メニューを眺めた。

「ええと、ツナとカリフラワーのカレー風味サラダと、冬野菜とベーコンのオイル蒸しください」

そしてアルコールのメニューに目を移した。

「『駒《こま》』のソーダ割。レモンがあったら……」

「はい。レモンのハチミツ漬けがあるんですけど、それを入れると甘すぎない、大人のレモンサワーになりますよ」

康平の受け売りをそのまま伝えると、ケンは大きく頷いた。

「お熱いのでお気を付けて」

皐がケンの前に韓国風味噌スープを運ぶと、二三はカウンター越しに駒のレモンサワーのジョッキを差し出した。

ケンはスプーンを取り、すくったスープにふうふうと息を吹きかけてから口に運び、駒のレモンサワーで追いかけた。赤味噌とニンニク、ゴマ油のコクと旨味、唐辛子のピリ辛味が、麦焼酎の自然な甘さで中和され、混然一体と化す。スプーンが止まらなくなる味わいだった。

小さめの丼《どんぶり》のスープがなくなりかける頃には、ケンは額にうっすらと汗を浮かべていた。

「レモンサワー、お代わり」

ケンが空になったジョッキを掲げると、入り口の戸が開いて辰浪康平と菊川瑠美が入ってきた。

「こんばんは」

三人は軽く挨拶を交わし、康平と瑠美もカウンターの椅子《いす》に腰を下ろした。

「ケンさん、何呑んでるの？」

「コーヘーさんお勧めの駒のソーダ割。自家製レモンのハチミツ漬け入り」

「良い趣味」

ケンと康平は互いに小さく笑みを交わした。皐がおしぼりとお通しを運んでいくと、康平は「同じもの二つ」と注文した。

「それと、これ」

康平が皐に紙の手提げ袋を差し出した。

「バウムクーヘン。今日、二人で高尾山《たかおさん》に行ってきたの」

瑠美が代わって説明した。

「普通のバウムクーヘンだけど、高尾山の焼き印が入ってるから、記念に」

「ありがとうございます」

「偶然ね。ケンさんも今日、多摩に行ってきたんですって」

カウンターの端に腰かけている一子が言った。

「今日、ケンさんがお知り合いの道場の方に紹介してくれて、めでたく杵と臼、借りられることになったのよ」

二三は横合いから口を挟んだ。何となく、ケンはその話題に触れてほしくないのではという気がしたのだ。

「良かったね。これで忘年会は餅つき大会だ」

康平と瑠美は楽しそうに相談しながら、レンコンとぶりの塩麴《しおこうじ》マリネ、ツナとカリフラワーのカレー風味サラダ、サワラのイタリアンソテー、牡蠣フライを注文した。

カレー風味サラダは、茹でたカリフラワー、ツナ缶、パプリカ、ミックスビーンズの水煮缶、リーフレタス、茹で卵を、粉チーズとカレー粉と胡椒を加えたマヨネーズで和《あ》えたサラダで、スパイシーで食《た》べ応《ごた》えがある。

塩麴マリネは薄切りにしてサッと茹でたレンコンと刺身用のぶりを、塩麴を使ったドレッシングに漬けて味をなじませた料理だ。簡単にさっと作れて、今が旬《しゅん》のぶりをサラダ感覚で食べられる。

味噌スープを食べ終わったケンが、顔の汗をおしぼりで拭った。皐はすかさず新しいおしぼりを出した。

「スープもサラダもスパイシーだけど、カレーと唐辛子は風味が違うね」

ケンはカリフラワーを口に入れて小さく頷いた。

「今日の午後、僕はマサキと一緒に多磨《たま》霊園に行きました」

ケンが誰にともなく言うと、瑠美が応じた。

「ああ、与謝野晶子《よさのあきこ》のお墓があるとこね」

「はい。僕の親友でパートナーだった人のお墓もあります」

二三は「ジョー」の名前を思い浮かべた。

「稲成さんのお友達で、道場の門弟だった方ですね」

「はい。室伏《むろふし》譲という名前です。みんなジョーと呼んでいました」

「どういうお仕事をしていらしたんですか」

「料理人です。高田馬場に創作和食の店を出していました。僕は偶然店に入って、彼の作る料理のファンになりました。週に何回も通いました。今から五年前のことです」

ケンはそこで言葉を切って、レモンサワーを一口飲んだ。ジョッキをカウンターに戻した時には、ほんの少し緊張が窺《うかが》われた。

「もうご存じかも知れないけど、僕はゲイです」

康平と瑠美は多少意外に思ったようだが、二三と一子と皐は驚かなかった。皐は自分自身の直感で、一子は昔の知り合いにケンと同じような雰囲気の男性がいたので、おぼろげに感じていた。

二三は大東《だいとう》デパートの衣料品バイヤー時代、海外で仕事をした時に出会ったカメラマンやデザイナーにゲイの男性が何人もいたので、「女性に緊張感を呼び起こさせない西洋の男性」にはゲイの人が多いと、経験上知っていた。

「とてもラッキーなことに、ジョーも僕と同じでした。僕たちはすぐに親しくなって、一緒に暮らすようになりました。僕が日本酒の魅力に目覚めたのも、彼の料理があったからです」

しかし三年前、譲は定期健診で肺に癌《がん》が発見された。すでにステージ4で、余命半年と宣告された。

「彼はどうせ助からないならと、退院して自宅での生活を選びました。訪問医療のチームを探して、自宅で最期を迎える準備をしたんです」

譲は店を閉め、加入していた医療保険を活用した。それ以外にも、十六種類の特定疾病の診断が下り、介護が必要と認定されると、四十歳から介護保険が適用される。末期癌もその疾病に含まれていた。

　譲は介護保険制度を利用して朝・昼・晩と一日三回ヘルパーを頼み、ケンの日々の負担を軽くした。お陰でケンは介護離職することなく、仕事を続けながら在宅介護を全うできた。

「余命半年と宣告されましたが、彼は二年、生きてくれました。最期は、とても安らかで、眠るようでした」

　ケンはそこで一度言葉を切った。めそめそしてはいなかったが、思いが胸にあふれているのはよく分った。

「それじゃあ、来年は三回忌ですね」

　一子が言うと、ケンは大きく頷いた。

「はい。それでマサが、一緒に墓参りに行こうと誘ってくれました。実は、僕は彼のお墓がどこにあるか、教えてもらえなかったんです」

　亡くなった譲の家族は、ケンの存在を認めようとしなかったのだろう。一同はつい重苦しい気分になった。しかし、ケンは屈託のない口調で先を続けた。

「ジョーは僕の将来を心配して、不動産の名義を書き換えて、遺言を公正証書にしてくれました。だから遺産のトラブルはありませんでした。とても感謝しています。それに、大先生もマサも、僕とジョーのことを理解してくれました」

二三は稲成親子がケンに好意的だったことを思い出した。

「ケンさんは辛《つら》い思いをしたと思うけど、でも、身近に少数でも理解してくれる人がいるのは、心強いわね」

「その通りです。僕は多くを望んでいません。ジョーと出会って幸せでした。そして彼は他の誰よりも、僕を大切に思ってくれました。本当はこれだけでもミラクルなんです。その上、大先生とマサがいて、はじめ食堂に来れば美味しい料理と美味しい酒、優しくて楽しい人たちと出会える。私はラッキーな人間です」

皐がそっと指で瞼《まぶた》を拭《ぬぐ》った時、タイマーが鳴った。冬野菜とベーコンのオイル蒸しが仕上がったのだ。ブロックベーコンと白菜、ホウレン草、ぶなしめじ、長芋に米油と塩胡椒を混ぜて振りかけ、フライパンで蒸し焼きにしてある。フライパン一つでできる単純明快な料理だが、米油が冬野菜の滋味を引き立てて、酒が進むことこの上ない。

「お酒、どうします？」

ケンのジョッキが三分の一に減っているのを見て、皐が尋ねた。

「ええと……」

ケンがちらりと横を見ると、すかさず康平が応じた。

「今日は雑賀《さいか》か大那《だいな》がお勧め。どっちも幅広い料理に合う食中酒だから」

「それじゃ、大那を一合」

ケンは皐に目を転じて言った。

はじめ食堂には元通りの、温かくのんびりした空気が流れ始めた。


十二月二十七日の午後五時、はじめ食堂の前に軽トラックが止まった。荷台には杵と臼が積まれている。

二三は大きく引き戸を開いた。軽トラックから、ケンと稲成正輝が道に降り立った。

「ケンさん、まあ、稲成さんまで、ありがとうございます」

「やっぱりケン一人じゃ、荷が重いと思って」

正輝は答えると、臼を抱えて軽々と持ち上げて、荷台から降ろした。

「どこに置きますか?」

「店の前でお願いします。外で餅つき大会をやって、その後食堂で忘年会です」

「分りました。あと、ちょっと水道をお借りします」

正輝は毎年道場の餅つき大会を仕切ってきただけに、実に手慣れた様子だった。

「あ、ご紹介します。こちらが姑《はは》と娘の要《かなめ》、食堂メンバーの皐さん、前に食堂主任だった赤目《あかめ》万里《ばんり》君です」

二三は正輝に家族と食堂のメンバーを紹介した。

「今日はありがとうございます。ご馳走いっぱい出ますから、たっぷり召し上がってってください」

「八雲《やくも》」は前日で年内営業を終えたので、万里は今日は午後早くからはじめ食堂に来て、忘年会のご馳走作りを手伝ってくれたのだった。

「こんにちは」

そこへ番重《ばんじゅう》を抱えた永野《ながの》つばさと、婚約者の松原開《まつばらかい》が現れた。

「今日はお招きいただきありがとうございます。これ、差し入れです」

番重には一口サイズのサンドイッチが並んでいた。玉子サンド、コンビーフサンド、スモークサーモンとクリームチーズサンド、そして野菜サンド。オードブル代わりになる冷製サンドだ。

「ありがとう。ゆっくり楽しんでくださいね」

皐が番重を受け取ると、つばさは珍しそうに表の臼を見た。

「私、餅つきなんて、したことない」

すると今度は、野田梓と三原茂之がやってきた。三原はシャンパンの瓶を二本、梓は箱入りのメロンを持参している。

「さすが、迫力がありますねえ」

二人とも杵と臼を見て感心したようにつぶやいた。

「最初のもち米、あと十五分で蒸し上がります」

一子がカウンター越しに声をかけた。

「よし、やるか」

「おう」

正輝とケンは力強く合図すると、持参した紙袋から赤い衣類を取り出し、素早く着用した。サンタクロースの仮装だった。

みんな呆気《あつけ》に取られたが、二人は楽しそうに言った。

「クリスマスと正月が一緒に来たみたいで、縁起が良いでしょう」

確かにその通りだった。

「その格好で餅つきしてくださったら、みんな喜びます」

そう言っている間にも、次々とお客さんが集まってきた。

手水が用意され、蒸し上がったもち米が臼の中に投じられた。

「皆さん、まず私たちが見本を見せますので、そのあと挑戦してください」

正輝が集まったお客さんを見回して言った。

「では……」

正輝が杵を振り上げた。

「はい！」

正輝が杵を搗いて振り上げると、その間にケンがもち米を引っくり返した。すると次の瞬間には杵が振り下ろされる。

「はい！」

二人は威勢よく掛け声をかけ合いながら、スピーディーに餅を搗いてゆく。

見物のお客さんからは拍手が沸き起こった。

正輝とケンは動きを止めた。

「さあ、それでは皆さん、どなたか挑戦してください」

つばさがおずおずと前に進み出た。

「あの、私、良いですか？」

「どうぞ。しっかり足を踏ん張ってくださいね」

つばさは正輝のサポートで杵を振り下ろした。二～三回同じ動作を繰り返してから、杵を離した。

「ありがとうございました」

「あの、次、良いですか？」

代わりに開が進み出た。

そうして、次々にお客さんが杵を取り、餅つきに挑戦した。

楽しそうに餅を搗くお客さんたちと、楽しそうにサポートするケンと正輝の姿に、二三は心が弾んできた。

振り返ると一子も熱心に餅つきを見物していた。

「やっぱり経験者がいると違うわね。あっという間に搗き上がる」

「お餅はこちらにいただきます」

皐が搗きたての餅をバットに移すと、万里と要がさらしを抱えてやってきて、臼の中に蒸し上がったもち米を投入した。

餅つきの第二弾が始まった。

二三と一子は厨房に戻り、皐と万里も加わって、搗きたての餅を一口サイズに分けた。作るのは餡ころ餅と、大根おろしの辛味餅の二種類だ。

「みなさん、どうぞ」

小皿に取り分けて割り箸を添え、四人は表に出た。

「自分で搗いたお餅なんて、感激！」

お客さんたちは次々とお餅に手を出した。

「食べすぎないでくださいね。中にもご馳走が待ってますから」

「余った分は、皆さん、お土産でお持ち帰りください」

皐と万里が声をかける間にも、お客さんたちは二個目のお餅を頬張《ほおば》った。杵と臼で搗いた餅は、市販のものよりコシがある。おまけに搗きたてなので、その美味しさは格別だ。

第一弾の餅は、あっという間にお客さんたちの胃袋に吸い込まれた。

やっぱり餅つき大会、やって良かった！

二三は嬉しくなって一子を振り向いた。一子も二三を振り向いた。二人の目が合い、どちらからともなく微笑んだ。来年もまた、良い年になるようにと願いながら。

第五話

お雑煮合戦

今年もまた大晦日《おおみそか》がやってきた。

時刻は夜の八時過ぎ。二三《ふみ》と一子《いちこ》は炬燵《こたつ》で差し向いになり、一日早くお節料理を並べ、テレビを観《み》ながらゆったりとつまんでいた。要《かなめ》は暮れの二十九日から、女友達とベトナム旅行に出かけて、新年の四日まで帰ってこない。年末年始を二人だけで過ごすのは初めてだった。

テレビに映っているのはネットフリックスで評判になったドラマ「極悪女王」だ。悪役女子レスラーとして一世を風靡《ふうび》したダンプ松本《まつもと》の半生を描いた実録ものだが、一九八〇年代を舞台に、全盛期の女子プロレスの世界がリアルに描かれている。脚本の面白さと俳優たちの熱演ぶりも相まって、一度観始めたら目が離せない。二三も一子も夕方からテレビにくぎ付けになっていた。

昔は大晦日の夕方から夜にかけては、日本中がＴＢＳの「日本レコード大賞」とＮＨＫの「紅白歌合戦」に夢中になったものだが、十数年前から二三も一子も、今どんな曲が流《は》行《や》っているのか分らなくなっていたし、紅白に登場する歌手も知らない顔ぶればかりになってしまった。

そしてもう何年も前から、地上波の番組が面白くなくて観る気がしなくなっていた。それを愚痴ると要が「それじゃ、ネットフリックスに加入しようよ。映画やドラマ、見放題だから」と勧めてきたので、騙《だま》されたと思って契約したところ、確かに面白くて、休みの日はテレビの前で「ネトフリ三昧《ざんまい》」になってしまった。

エピソード4が終わったところで、二三はリモコンを取って一時停止を押した。

「お姑《かあ》さん、お酒飲まない？　康平《こうへい》さんにもらった飛露喜《ひろき》を冷やしてあるから」

「そうね。ちょっぴりもらうわ」

二三も一子も、興奮して少し上気していた。これからいよいよクライマックスだ。ビールはすでに一本呑《の》んでしまった。

飛露喜の四合瓶を冷蔵庫から出し、グラスを二つ並べると、二三は再びリモコンを手に取り、再生ボタンを押した。

「あ〜、面白かった」

二三はため息交じりに感想を漏らし、リモコンのボタンを押して電源を切った。ラストでは不覚にも泣きそうになってしまった。

「良い話だねえ。レスラーの人たち、立場が違ってもみんなプロレスが大好きで、人生かけてたんだねえ」

一子も目を潤ませて、しみじみと呟《つぶや》いた。

「でも、女子プロレスの試合が、まるでアイドルのコンサートみたいでびっくりした。ふみちゃん、知ってた?」

「ビューティ・ペアが『ベルサイユのばら』の衣裳《いしょう》着て歌ってたのはテレビで見た。でも熱狂したのは、私よりもう少し若い世代だったと思う」

「極悪女王」を観ていると、年齢こそ違えど、同じ時代を懸命に生きた女性たちの気持ちに素直に共感できて、胸を打たれた。

「なんか、お酒回って眠くなっちゃった。除夜の鐘まだだけど、寝ようかな」

「そうね。あたしも頭がぼんやりしてきたわ」

二人はあくびをかみ殺しながら炬燵の上の食器を流し台に運び、寝支度を始めた。

「おやすみなさい」

電気を消すと、急速に眠気が押し寄せてきた。目が覚めれば、新しい年が始まっている……。

「おはよう。あけましておめでとうございます」

朝と新年、二つの挨拶《あいさつ》を続けて口に出し、二三は階段を降り、新聞受けから年賀状の束と、一年で一番重い新聞を取り出した。

二階に戻ると、一子は仏壇の水を新しい水に替えていた。二人で仏壇の前に座り、線香を立てて手を合わせた。毎朝の繰り返す儀式も、新年となると少し気持ちが引き締まる。

それぞれに祈りを終えて二人は腰を上げ、お雑煮の支度にとりかかった。とはいえ、市販の出汁《だし》を使うので手間要らずだ。

一家の雑煮は鶏肉《とりにく》と椎茸《しいたけ》を煮て卵を落とし、小松菜、カマボコ、焼き海苔《のり》をトッピングしたもので、甘味処《どころ》で出す雑煮に近い。いつからそうなったか二三は知らないが、実家《にのまえ》の雑煮も似たようなものだった。

二十年前まで雑煮の餅《もち》は二個だったが、今は一子共々一個しか食べられない。ちなみに関東の雑煮は焼き餅で、汁は醤油《しょうゆ》仕立てだ。

一子が雑煮を作っている間に、二三はお節料理を並べた。お節と言っても手作りしたのは煮しめとローストビーフ、鮭《さけ》なますだけで、黒豆とカマボコと伊達巻《だてまき》は買ってきた。

「いただきます」

雑煮に箸《はし》をつけてから、二三はテレビの方を見た。

「お姑さん、何か観たい番組ある？」

一子は首を振った。

「どうせスタジオでタレントと芸人がしゃべるだけでしょ。あたし、最近の人、全然知らないから」

「私も。じゃ、ネトフリで映画でも観る?」

「そうね。お正月だから、『寅《とら》さん』か『釣りバカ』やってないかしら」

『男はつらいよ』シリーズは昭和の、『釣りバカ日誌』シリーズは平成の、ある種の風物詩ともいえる作品だった。毎年公開される新作を楽しむ観客と共に歳《とし》を取った、最後の作品かも知れない。

「待って。探してみる」

リモコンを操作して検索をかけると、幸い両方とも画面に現れた。

「そんじゃ、『寅さん』から見ていこうか」

ネットフリックスの便利な点は、放送時間に自分の都合を合わせる必要がなく、観たいときに観られることだ。

「うちの父は映画好きでも何でもなかったけど、毎年お正月には『寅さん』を観に行ったわ。あれ、何だったのかしらね」

「年中行事の一つだったんでしょ。盆、暮、正月みたいな」

「そう言われると、そんな感じ」

その時テレビから、あの緩いテーマ曲が流れてきた。聞いているうちに、まるで温泉に浸《つ》かっているように、身体《からだ》から力が抜けてこの上なくリラックスした気分になった。

二三はテレビを観ながら、年賀状に目を通した。

毎年、量が少なくなる。初めは大東《だいとう》デパートを退職した時、取引関係の年賀状が無くなって、量が半分以下になった。個人的な交友関係の賀状も、年々少なくなる。還暦を機に「年賀状仕舞い」をした友人が何人もいた。前期高齢者になってからは、さらに増えた。

年賀状、私はいつまで続けるのかな……。

そんなことを思っているうちに映画は終わった。

「お姑さん、初詣《はつもうで》に行かない？」

「そうね。今頃《いまごろ》ならもう、人出も一段落だろうし」

二人はコートを着て家を出た。元日の凛《りん》とした冷たい空気が頬《ほお》に心地よかった。元日は毎年晴れに決まっている。雨が降った日は、多分百年に数回しかないのではないか。

初詣のお参りをするのは波除稲荷《なみよけいなり》神社で、家からほんの数分の距離だ。小さな神社だがそれなりに歴史があり、大晦日から元旦《がんたん》にかけては参拝客で境内が一杯になる。それでもさすがに午後四時を過ぎると、行列は途切れがちだった。

二三と一子は社殿の前に立ち、お賽銭《さいせん》を入れて手を合わせた。二人とも願い事は同じだった。

今年も家内安全、商売繁盛でありますように。

一月三日になると、さすがにお正月気分は薄らいだ。代わりに現実の壁が目の前に迫ってきた。

朝昼兼用で正月最後の雑煮を食べ終えると、自然とため息が漏れた。ため息をつかせるのは物価高だ。

数年来、景気は徐々に回復傾向にあり、昨年はついに株価がバブル期を超える四万円台に達した。春闘も多くの企業で満額回答が示された。バイト時給もアップを続けている。まことにめでたい。しかし、それ以上に物価も上がり続けていた。

「……やっぱり、値上げするしかないかしら」

我知らずつぶやきを漏らした。

「そうね。しょうがないわよ」

意外にも一子はあっさりと答えた。

「値上げする店は去年までにこぞって値上げしたし、何処《どこ》も同じよ。お客さんも、うちもこのままじゃ無理だって、察してると思うわ」

まるで屈託のない口調に、二三はかえって戸惑った。

「そ、そうかしら」

「お客さんだって、ボーナス少し増えたって言ってたわ。そんなら、うちが値上げしても分ってくれるわよ」

二三は改めて思い返した。そう言えば去年、初任給が少しアップするというニュースを聞いたような……。

「前に三原《みはら》さんが言ってたわね。賃金はパート・アルバイトの時給、ボーナス、正社員の給料の順に上がってくって」

一子は大きく頷《うなず》いて、再び口を開いた。

「このまま景気が上向いて行けば、いずれお給料も上がるでしょう。うちの定食が少し値上がりしたって、怒りゃしないわよ」

「そうよね」

二三は頭の上に覆いかぶさっていた雲が、一気に晴れたような気がした。

「グジグジ考えてたって仕方ないよね。値段上げるか、内容落とすか、どっちかしかないんだもの」

「そうそう。値上げがダメなら最後の手段。サラダと小鉢をやめて、値段を七百円で据え置こう」

一子はきっぱりと言って、付け加えた。

「うちとしてはその方が楽だけど、お客さんはがっかりすると思う。長年小鉢二品とサラダつけてきたからね」

「そうよね。ずっと続けてきたんだもん」

はじめ食堂は洋食の達人だった孝蔵《こうぞう》の死後、家庭料理を出す食堂に切り替えて営業を再開した。その歴史もすでに昭和の終わりから平成を経て、令和に至っている。

はじめ食堂で一子と亡夫・高《たかし》に出会い、家族となってからこれまでの諸々《もろもろ》に思いを馳《は》せると、二三は厳粛な気持ちになった。

「出来る限り、今のスタイルを維持してやっていこうね。はじめ食堂のランチは、ご飯と味噌汁《みそしる》お代わり自由、メインとサラダと小鉢二品付きが売りだもんね」

一月六日の月曜日が、はじめ食堂の新年初営業の日となった。

仕事始めの日は、以前は午前中営業の会社が多かったが、近年は通常勤務が増えているようで、ランチタイムは暇かもしれないと危ぶんだが、お客さんは普段通りに来てくれた。

「ちょうど昼時だし」

「どうせ昼飯食べるなら、ここで食おうと思って」

ご常連のサラリーマンは嬉《うれ》しいことを言ってくれる。

「冬休みの間、ランチ難民だったわ。コンビニとカップ麺《めん》ばっかよ」

「『開いてて良かった』って、ここのことね」

ご常連のＯＬもありがたいエールを送ってくれた。

「明日は七草がゆね。楽しみ」

壁には「明日『七草がゆ』無料サービス」と書いた紙が貼《は》ってある。しかし、その隣には「二月より定食セット（小鉢二品付き）を八百円とさせていただきます」という貼り紙が並んでいた。

誰《だれ》もがそれを目にしている。しかし、文句を言うお客さんはいなかった。

「すみませんね。うちも努力したんですけど、あれもこれも値上がりで、追いつかなくて」

皐《さつき》は注文を取りにテーブルを回るたびに謝ったが、嫌味を言うお客さんは一人もいない。それどころか、ご常連のワカイのＯＬ四人は口を揃《そろ》えて慰めてくれた。

「しょうがないわよ。『ガリガリ君』も『コアラのマーチ』も『きのこの山』も、みんな値段上がったもん」

「そうそう。このレベルのランチ食べたら、『大戸屋《おおとや》』や『やよい軒《けん》』なら千円超えてるわよ」

「それより、はじめ食堂が閉店しちゃったら、その方がずっと困るわ。これから私たち、ランチどうすればいいの」

「そうよ。私、一日の栄養ははじめ食堂がメインなんだから」

皐は厨房《ちゅうぼう》を振り向いた。二三と一子は客席に向かって黙って一礼した。何か言うと涙が出そうだった。

ああ、お客さんは分ってくれる。これまでみんなで努力してきたことは、無駄じゃなかった……。

今日のはじめ食堂のランチメニューは、日替わりが大人気のハンバーグ一択。その代わり、デミグラスソースかおろしぽん酢が選べる。焼き魚は文化サバ、煮魚はカジキマグロ。ワンコインはカツカレー、オムカレー、肉うどん。

小鉢は切干し大根、五十円プラスで高野豆腐の青椒肉絲《チンジャオロースー》風。高野豆腐を肉に見立ててピーマンとパプリカと共に炒《いた》め、オイスターソースで味付けした料理で、今回初登場の新作だ。

味噌汁は冬野菜のけんちん汁。醤油仕立てではなく味噌味にした。漬物は自家製白菜漬け。唐辛子と柚子《ゆず》をたっぷり使って漬け込んだ、一子のお手製だ。これにドレッシング三種類かけ放題のサラダがついて、ご飯と味噌汁はお代わり自由。

昭和の終わりから死守した「一人前七百円」を破るのは断腸の思いだが、いやなに、一人前八百円だって今の東京じゃ大したものだと、二三は敢《あ》えて思い直した。これからも美《お》味《い》しくて季節感があって栄養バランスが良くてリーズナブルな定食を、一子と皐と三人で作っていくのだ。

二三は改めて一子と皐の顔を見た。二人の顔にも、二三と同じ決意が浮かんでいる。それを見ると、腹の底から勇気が湧《わ》いてきた。

よし、これからも頑張ろう！

口には出さず、三人は互いの顔を見て頷き合った。

「そうだよ。僕はもっと早く値上げしても良かったと思うよ」

三原茂之《しげゆき》が言うと、野田梓《のだあずさ》も同調した。

「賛成。値上がりするより、はじめ食堂が続く方がずっと大事よ」

「ありがとうございます。幸い、お客さんも皆さんそう言って下さって、本当にほっとしました」

カウンターの隅の椅子《いす》に腰を下ろした一子が言った。

「今時、チェーン店の定食屋だって八百円はしてるんだから、お宅が七百円でやってきたのが奇跡だったのよ」

「野田ちゃん、ありがとう。お客さんにも同じこと言われて、涙出そうだったわ」

「考えることはみんな同じですよ。一昨年くらいから、食品関係はみんな値上がりしてるんだから」

三原は誰にともなく言って、割り箸を割った。

時刻は午後一時二十分。十一時半の開店から三度にわたって押し寄せたお客さんの波もすっかり引いて、今店は、遅いランチのご常連お二人だけになった。二人とも今日の注文は日替わりハンバーグのおろしぽん酢がけだ。

「去年から飲食店の倒産が増えてるんですよ。だからお宅は大丈夫かって、正直、冷や冷やものだった」

皐が不思議そうに三原に尋ねた。

「景気は上向き傾向だって聞きましたけど、どうして？」

「皮肉なことに、景気が良くなったのも一因でね。従業員が飲食店より給料の良い仕事に、転職してしまった」

「あらあ」

「特に流行病《はやりやまい》の時は、一時的に閉店する店も多かったでしょう。やっと再開するとなった時、不安定な飲食店勤務に戻るのをためらう人が増えたんだと思う」

皐も二三も一子も、思わず顔を見合わせた。はじめ食堂のように、家族経営に毛の生えたような小さな店は何とか乗り越えられたが、従業員を大勢抱えている店は、一時的に解雇せざるを得なかったのだろう。

梓がハンバーグを箸でちぎって、思い出したように言った。

「そう言えば……流行病が一段落した頃だから、一昨年《おととし》だったかしら、日比谷《ひびや》のミッドタウンで映画観た後、『一角《いっかく》』っていう大箱の居酒屋さんに入ったのよ。で、しばらくしたら店員さんが、『お席がありません』って、お客さんの来店を断ってるの。客席はまだ三分の一くらい余裕があったのに。変だなって思ったら……」

店員が足りずに、接客に手が回らないのだという。

「そんなこともあるんだと思ったけど、考えてみれば他にもそういう店、多かったんでしょうね」

「あ、そう言えば、ジョリーンも言ってた……」

皐もパチンと指を鳴らした。

「去年、神保町《じんぼうちょう》の新世《しんせ》界菜館《かいさいかん》でご馳走《ちそう》になった時、人手不足でまだ全フロアで営業できない時もあるんだって、お客さんが教えてくれたって」

梓が感慨深そうにつぶやいた。

「新世界菜館……老舗《しにせ》よねえ」

神保町界隈《かいわい》には明治の頃、中国の留学生が多く住んでいた。その関係で、老舗の中華料理店が多い。

「老舗と言えば……」

けんちん汁を啜《すす》った三原が、眉《まゆ》を曇らせて椀《わん》を置いた。

「去年、銀座《ぎんざ》のエスコフィエが閉店してしまったね」

三原は残念そうにため息をついた。

「戦後の銀座で初めてのフレンチレストランだったのに」

創業七十年以上の高級老舗レストランだったが、流行病でキャンセルが相次ぎ、経営状況が悪化して、昨年八月に破産手続開始の決定を受けた。

「私、一回だけ行ったことあるわ。接待で……」

それは二三が大東デパートの衣料品バイヤーで、バリバリのキャリアウーマンだった頃のことだ。

「テーブルにバラの花の一輪挿しが飾ってあって、お洒落《しゃれ》で素敵な店だった」

「あたしもバブルの頃、同伴でご馳走になったっけ。一期一会になっちゃったのね」

梓が寂しそうにつぶやくと、一子も小さく頷いた。

「昭和は遠くなりにけり……」

一子と三原は生まれてから壮年期まで、二三と梓も三十歳になるまで昭和だったから、丸ごと昭和で出来ていると言って過言ではない。身の回りから昭和の気配が消えていくのは、古くからの友達と別れるような気がするのだった。

「はじめ食堂は長く続けて下さいよ。ここが無くなったら、僕の昼ご飯は悲惨なことになる」

三原が気を取り直したように、明るい声で締めくくった。

「どうも、あけまして」

夕方店を開けたはじめ食堂の一番乗りは、辰浪康平《たつなみこうへい》と菊川瑠美《きくかわるみ》のカップルだった。

「明日は七草がゆかあ」

並んでカウンターに腰を下ろすや、壁の貼り紙に目を留めた。

「来月からランチ、値上げするんです」

おしぼりとお通しをカウンターに運んで、皐が言った。今日のお通しはランチの有料小鉢、高野豆腐の青椒肉絲風だ。

「そりゃしょうがないわよ。このご時世に定食で千円以下って、チェーン店でもないと出来ないわ」

瑠美はおしぼりで手を拭《ふ》きながら言った。

「お客さんも、納得してくれたんじゃない？」

「はい、ありがたいことに」

「そりゃそうだよ。今までが《もってけ、ドロボー》みたいな値段だったんだからさ」

康平はおどけて言うと、アルコールのメニューを指さした。

「ヴィーノ・フリッツァンテ一本ね。正月だから、みんなで一杯吞まない？　バランスが良くてサラッとしたイタリアの微発砲ワインなんだ」

皐と二三は手を叩《たた》いた。

「ありがとう！」

康平はにやりと笑ってメニューを置くと、瑠美を振り返った。

「昆布《こんぶ》出汁の優しい味わいの和食とか、卵料理に合うんだ」

「あら、それじゃ……」

瑠美が料理のメニューを開いた。

「風呂《ふろ》吹き大根と、マッシュルームと玉ネギのオムレツなんてどう?」

「おばちゃん、二つ頼むね」

「はい、毎度」

二三はヴィーノ・フリッツァンテの栓を抜き、五脚のグラスに注《つ》ぎ分けた。きれいな黄金色の液体に、優しい泡が立った。

「あけましておめでとうございます!」

康平の音頭で、五人は乾杯した。

「ホント、さらっとして飲みやすい」

瑠美が言うと二三が続いた。

「グビグビ行けちゃう感じ」

グラス五杯になみなみ注いだので、すでにヴィーノ・フリッツァンテの瓶は空になっていた。

「太っ腹!」

「次のお酒、どうなさいますか」

風呂吹き大根の皿を運んできた皐が尋ねた。

「そうだな。優しい味の料理が続くから、まずは澤屋《さわや》まつもと一合、冷やで」

薄甘さを基調とした、はんなりと上品な京都の酒で、京風おばんざいや昆布出汁の利いた煮物と相性が良い。

康平は再び瑠美に向き直った。

「今日はもう一本お勧めの酒があって、ランブルスコなんだけど……」

ランブルスコはイタリア特産の、赤のスパークリングワインだ。スパークリングワインはロゼはあるが、赤は珍しい。

「甘口じゃなくてドライなやつ。肉の脂や濃い味のタレをさらっと流してくれるから、焼き肉やバーベキューにぴったり」

「あら、それじゃ……」

瑠美は料理のメニューに顔を近寄せた。

「スペアリブのオイスターソース煮なんか、どう？」

「サイコー」

「あと、ツナコーンのトマトカップ焼き。トマトに合わないワインってないでしょ」

康平は嬉しそうに頷いた。カウンターには早くも、皐の作るオムレツのバターの香りが流れてきた。

「今日はシメにアサリと菜の花のリゾットがお勧めだけど」

澤屋まつもとのデカンタとグラスを二人の前に置いて、二三が言った。

「菜の花、今年初だな。確か、初もの食べると縁起が良いんだよね？」

「寿命が七十五日延びるらしいわ」

瑠美の言葉に、康平は大きく頷いた。

「決まり。いただきます！」

皐が出来上がったオムレツをフライパンから皿に移した時、入り口の戸が開いて、この日二番目のお客さんが入ってきた。

「いらっしゃいませ！」

ケン・マーフィーだった。そして稲成正輝《いなりまさき》も続いて入ってきた。

「まあ、稲成さんも、いらっしゃいませ」

二三はカウンターから出て、二人の前で頭を下げた。

「昨年末は本当にありがとうございました」

「いいえ、こちらこそすっかりご馳走になりました」

「どうぞ、お好きなお席に」

二三が店内を指し示すと、ケンと正輝は四人掛けのテーブル席で向かい合った。

「忘年会の料理も美味しかったし、一度来てみたいと思ってたんです。そしたら、ケンが誘ってくれて」

二三がおしぼりとお通しを持っていくと、正輝がケンの方を見て言った。

「ありがとう、ケンさん」

「いいえ、とんでもない」

ケンは飲み物のメニューを手にしたが、ちらりとカウンターの康平に目を遣《や》った。康平もケンを振り向いた。

「ケンさん、ヴィーノ・フリッツァンテがお勧め。イタリアのスパークリングワインで、さっぱりした味で、和食によく合うよ。それと、卵料理にも」

ケンと正輝は同時ににっこり笑って康平に会釈した。正輝も忘年会で康平と会っているので、酒屋の主人だと知っていた。

「コーヘーさんのお勧め、ボトルでください」

正輝は早くも食べ物のメニューを開いて、目を凝らしている。

「ケン、浦里《うらさと》がある。頼もう」

「ウラサト？」

「江戸時代の花魁《おいらん》の好物だったらしい。親父《おやじ》も好物なんだ。大根おろしに梅干しとカツオ節と大葉の千切りを混ぜたやつ。粋《いき》な食べもんだよ」

ケンは感心した顔で二三の方を見た。

「そうなんですか。ちっとも知らなかった」

「私たちも知らなかったんです。足利省吾《あしかがしょうご》さんていう、時代小説の作家が教えて下さったんですよ」

すると正輝が目を丸くした。

「足利省吾先生、こちらに見えるんですか?」

「はい、娘が先生の担当編集者なんです。そのご縁で、たまに」

正輝の顔に尊敬の念が色濃く表れた。

「驚いたなあ。うちは親父も僕も、足利先生の大ファンなんです」

そして少し大げさにケンに頭を下げた。

「ケン、ありがとう。聖地巡礼の気分だ」

「マサ、他の料理は?」

ケンが苦笑を浮かべると、正輝はもう一度メニューに顔を近づけた。

「ええと、レンコンとぶりの塩麹《しおこうじ》マリネ、鶏肉とブロッコリーの海苔和《あ》え、牡蠣《かき》フライ、それとこれ行こう、鶏肉とセリの小鍋立《こなべだ》て」

さすがに柔道家らしく、正輝は健啖《けんたん》だ。そしてメニュー選びも肉と野菜のバランスが取れている。

二三は嬉しくなって頰が緩んだ。料理人はたくさん食べる人が好きなのだ。

「もしよろしかったら、小鍋立ては最後に卵を落として雑炊に出来ますよ」

「はい、お願いします」

正輝は目を輝かせたが、その視線の先にカウンターのオムレツがあった。

「あの、あのオムレツはどういう？」

「玉ネギとマッシュルームのソテーが入ってます」

「あれもください」

ケンが思わず微笑《ほほえ》んだ。

「ここはマサと来るに限るね。いろんなものが食べられる」

二人は笑いながらヴィーノ・フリッツァンテで乾杯した。

一子が手早く浦里を作り、皐がテーブルに運んだ。

二三は海苔和えを作り始めた。茹《ゆ》でた鶏肉とブロッコリーを、白出汁とゴマ油、すりおろしにんにく、白炒《い》りゴマ、刻み海苔で和え、仕上げに糸唐辛子を散らした韓国風の料理だ。箸休めにもなるが、何より酒が進む。

「ねえ、康平さん、瑠美先生」

二三はカウンター越しに声をかけた。

「二月からの値上げに備えて、お客さんが喜ぶような企画、ないかしら」

「二月は節分のお豆サービスとか、ヴァレンタインのミニチョコプレゼントとかは、毎年やってるんです」

皐も口を添えた。

「だから、出来れば今月中に……」

康平と瑠美は顔を見合わせた。

「明日は七草がゆのサービスがあるんでしょ」

「はい」

「それで十分な気もするんだけど……何かないかしら」

「カップの日本酒なら少しサービスしてもいいけど、昼間から酒出すわけにいかないよね」

二三は海苔和えをガラスの小鉢に移しながら頷いた。

「お酒を飲めないお客さんもいらっしゃるから」

皐は出来上がった海苔和えをテーブルに運んで行った。

「ケンさん、年末年始はUKに帰りました？」

ケンは首を振った。

「去年は帰ったけど、今年は仕事が忙しくて」

ケンは浦里の最後のひと箸を口に入れて答えた。

「それと、ヨーロッパだと家族で過ごすのはクリスマスが中心で、ニューイヤーズデイは日本みたいに厳粛じゃないんだ。一月二日から通常勤務になる会社も多いし」

「あら、そうなんですか」

「ケンに聞いたけど、日本みたいなお節料理ってないんだって。ご馳走食べるのはクリスマスで」

「パンにバター塗って食べる習慣はある。昔はパンにバターを塗るのは贅沢《ぜいたく》だったみたいで、その頃の名残かな」

「お雑煮みたいな感じですか？」

「いや、全然。特別な料理じゃないし」

皐は空いた皿を下げて厨房に戻り、オムレツに取り掛かった。二三はレンコンとぶりの塩麴マリネを作りながら訊《き》いてみた。

「そう言えば、瑠美先生の故郷は福島県ですよね。福島のお雑煮って、どういうのですか？」

「福島も地方によるのよね。うちは会津《あいづ》で、《こづゆ》っていう、貝柱で出汁を取った野菜たっぷりのお雑煮だけど、海の近くはまた違うんじゃないかしら」

「うち、小松菜と鶏肉と椎茸。そんでカマボコトッピング」

康平の言葉に、瑠美は頷いた。

「東京は確か《名取り》っていう縁起を担いで、菜っ葉と鶏肉を入れるのよね」

皐はできたてのオムレツをテーブルに運んだ。皿には取り分け用にスプーンが二本添えてある。

ケンはスプーンでオムレツの真ん中に切れ目を入れた。中から半熟にとろけた玉子、玉ネギとマッシュルームのソテーがあふれ出した。

「この柔らかさ、最高」

ケンはスプーンを口に運んでうっとり目を細め、グラスを傾けた。

「僕、日本以外で卵の半熟、食べたことない」

「海外にはないの？」

「店によってはあるけど、基本、茹で卵は固茹で、オムレツも中までしっかり火を通す。衛生的だから。生卵食べるの、日本だけ」

「あ、それは聞いたことある」

正輝もオムレツを口に入れ、目尻《めじり》を下げた。炒めたオニオンとマッシュルームの柔らかな食感が、オムレツとふんわり混じり合い、バターの風味が仄《ほの》かに口に広がる。優しい味とはこのことかと、頭の隅で思い浮かべた。

その時、入り口の引き戸が開いて、この日三番目のお客さんが入ってきた。訪問医の山《やま》下智《したさとる》と、桃田《ももた》はなだ。

「いらっしゃい！」

「昨年は、どうも」

山下はカウンターとテーブル席に会釈して、はなと差し向かいでテーブル席に座った。忘年会で顔を合わせたので、ケンと正輝とも初対面ではない。

「先生、今日は夜勤は？」

皐の質問にはながが「なし」と答えた。

「だからアルコールも大丈夫。康平さん、今日のスパークリングワイン、何が良い？」

「ヴィーノ・フリッツァンテ」

康平は続けて味の特徴も説明した。

「そんじゃ、それ一本ね」

康平は苦笑した。

「はなちゃんは、先生に何呑むか訊いたこと、一度もないよね」

「あ、大丈夫です。僕は何でも呑みますから」

山下は楽しそうに笑顔で答えた。東京で、いや、おそらく日本で一番患者の多い訪問医で、担当患者は千七百人、医師・看護師・事務員などの従業員は百五十名を超える。しかし、威張ったところや権威をひけらかすようなところは全くなく、二十五歳近く歳下のはなにもいつも鷹揚《おうよう》だ。

「さっちゃん、今日のお勧め何？」

「そうねえ、渋いところだと浦里、風呂吹き大根、鶏肉とセリの小鍋立てかな。浦里は同じ名前の吉原の花魁の好物だったんですって」

皐はテーブルでスパークリングワインの栓を抜き、二つのグラスに注ぎながら説明した。

「ボリューミーなところではスペアリブのオイスターソース煮。トロトロに柔らかいわよ」

「はなちゃん、みんな美味《うま》そうだから全部もらおうよ」

すかさず山下が言った。はなにあれこれおごるのが楽しくて仕方ない感じだ。もちろんはなは「うん！」と即答する。

「今日、初物のアサリと菜の花のリゾットがあるけど、食べる？」

「もちろん！」

タイマーが鳴り、二三はオーブンからトマトカップ焼きを取り出した。トマトの中身をくりぬいて、缶詰のツナとホールコーンをウスターソースと塩胡椒《こしょう》で味付けして詰め、ピザ用チーズを載せて七分ほど焼いたものだ。仕上げにパセリのみじん切りを散らした。

「熱いから気を付けてね」

カウンター越しに康平と瑠美の前に皿を置いた。澤屋まつもとのデカンタは空になっている。

「もうすぐスペアリブもできるけど、飲み物、何にする？」

「ランブルスコ《フォンタナ・デイ・ボスキ》一本開けて」

「大丈夫？　グラスでもいいのよ」

「平気、平気。残りははなちゃんと先生に進呈する」

二三が冷蔵庫からランブルスコの瓶を出してカウンターに置くと、康平ははなと山下に呼び掛けた。

「これ、残りあげるから、スペアリブに合わせて。相性抜群だよ」

「康平さん、太っ腹」

はなが頭の上で拍手すると、山下は頭を下げて拝む真似《まね》をした。

鶏肉とセリの小鍋立てが完成した。皐が運んで行くと、ケンは澤屋まつもとの冷酒を二合追加注文した。

「ああ、この香り」

ケンは思い切りセリの香りを吸い込むと、小鉢に取り分けて汁を啜った。

「この出汁が、日本酒に合うよね」

正輝も汁を啜り、冷酒を口に含んで鼻から息を吐いた。

「ケン、これ、出汁全部飲んで、シメはリゾット食べないか？」

「うん」

ケンは予想していたように頷いて、セリを箸でつまんだ。さっと煮ただけのセリは歯ごたえが良く、爽《さわ》やかな香りが力強く立ち上ってくる。具材はセリと鶏肉と、ささがきゴボウのみ。そのせいか出汁の味は澄んでいて、輪郭が際立っている。この出汁だけで、何杯も酒が飲めそうだった。

「ねえ、ケンさん」

康平がグラスを片手に、ケンの方に身体を向けた。

「ここ、来月からランチ値上げするんだって。値上げ前にお客さんへサービスしたいんだけど、いい企画ないかな？」

ケンは壁の貼り紙に目を遣った。

「ランチ八百円でしょ。充分、サービス価格だと思います」

「ご飯味噌汁お代わり自由なんですよね。うちの近所にこんな店あったら、みんな通っちゃうよ」

正輝はケンからランチについて聞いたらしく、うらやましそうな顔で言った。

「ありがとうございます。ただ、長年七百円でやってきたので、黙って値上げするのも愛想がない気がして……」

カウンターの隅から一子が言った。

すると、はなが山下の腕をつっついた。

「先生、お宅は美人看護師が多いから、交代で出張してもらって、無料で血圧測定してあげれば？」

山下は真面目《まじめ》腐って答えた。

「それだと男のお客さんは良いとして、女のお客さんはどうかな」

「ほら、去年入ったイケメンの先生に、乳がん検診してもらえばいいじゃん。触診でさ」

「岡田《おかだ》先生、専門は消化器内科なんだよね」

「関係ないって。気は心だよ」

一同小さく笑いを誘われたが、もちろん、実現は無理だ。すると腕組みをしてしばらく考えていた正輝が、パッと腕を解いた。

「あのう、うちは明後日《あさって》、道場全員で餅《もち》つきをします」

稲成道場では毎年一月八日に餅つきをするのが慣例だ。

「搗《つ》き手は大勢いますから、多めに搗いてお分けしましょうか。それを少しずつ、お客さんのお土産にするとか……」

二三も一子も皐も、ハッと息を呑んだ。年末の餅つき大会に参加したお客さんたちの、楽しそうな顔が目に浮かぶ。

二三が一子を見ると、一子も椅子から腰を浮かしかけて二三を見た。

「あの、稲成さん、もしお願いできるなら……」

「もちろん、うちの分のもち米は用意しますので」

二人が口々に言葉を発した時、瑠美がポンと手を打った。

「そうだわ、お雑煮よ！」

一同が声の方を見ると、瑠美はすでに椅子から立ち上がっていた。

「稲成さんの道場で搗いてもらったお餅をお雑煮にして、日替わりでサービスするの。お雑煮って、日本全国に色んな種類があるから、ご当地のお雑煮を日替わりで、味噌汁の代わりに出したら面白いと思うわ。お餅は伸《の》し餅にすれば保存が利くし」

瑠美は二三と一子と皐を次々と見た。

「味噌汁代わりだから、お餅は小さくて良いと思うの。串《くし》団子くらいの大きさで」

「日替わりのご当地雑煮って、すごく良いと思います。きっと皆さん、自分の故郷のお雑煮以外は食べたことないと思うし」

皐が言うと、はなも少し興奮気味に応じた。

「絶対みんな喜ぶよ。東京は一人暮らしが多いから、お正月、お雑煮食べなかった人もいるはずだもん」

そして山下に尋ねた。

「ねえ、先生は北海道でしょ。北海道のお雑煮って、どんなの？」

「そうだなあ」

山下は何かを探すように視線を宙に彷徨《さまよ》わせた。

「うちは札幌《さっぽろ》だけど、札幌は鶏ガラで出汁を取る家が多いんだ。それで正月が近づくと、店に鶏ガラがいっぱい並ぶようになる」

「もしかして、スープカレーに骨付きの鶏モモが入ってるのは、お雑煮の影響？」

「さあ、どうだろう。考えたことないな」

その時店にいた人たちはみんな、日替わりのご当地雑煮というアイデアに気持ちが弾んでいた。

正輝がケンのグラスに澤屋まつもとを注ぎながら訊いた。

「ケンは、雑煮食ったことある？」

「うん。ジョーが作ってくれた」

ジョーとはケンの亡くなったパートナーで、料理人だった室伏譲《むろふしゆずる》のことだ。

「どういうのだった？　東京風の、醬油ベースのスープに鶏肉と小松菜が入ってるやつ？」

「元旦はそれ。二日目は白味噌味で、具は野菜だけ。三日目は魚介がどっさり入った醬油味のスープ。みんなすごく美味かった」

「あ〜、俺《おれ》も食いたかったな。あいつ、店では雑煮は出さなかったから」

正輝は羨《うらや》ましそうに言った。

「ケンさん、すごい贅沢だね。普通、お雑煮は三が日全部同じだよ。毎日違ったお雑煮食べられるなんて、うらやましい」

はなの素直な感想に、ケンは慰められたような気がした。

「そうですね。だからこの店で毎日違うお雑煮を出したら、お客さん、きっと喜びますよ」

正輝が二三に向かって言った。

「八日に餅つきが終わったら、届けてあげますよ。どのくらい必要ですか？」

二三と一子は顔を見合わせた。年末の餅つき大会では、一回の分量で一口サイズの餅が何個くらい取れたのだったか……。

すると正輝が助け舟を出してくれた。

「もち米一升で、小さめサイズの切り餅が四十個くらい作れます。味噌汁の具の大きさで良いなら、その半分くらいのサイズで充分だと思います」

一升で八十人前の雑煮が作れる計算だ。ランチタイムのお客さんを一日平均六十人として……。

「あのう、出来れば五升、お願いできないでしょうか」

「いいですよ」

正輝はこともなげに請け合った。二三はホッと胸をなでおろし、あわてて先を続けた。

「あの、すみませんが、もち米は稲成さんの方で一括購入していただけますか。お代金は金額が分れば、今日、お支払いさせていただきます」

「あわてないでいいですよ。八日に伺った時、領収書を用意してきます」

二三も一子も皐も、揃って頭を下げた。

「ありがとうございます！」

正輝は照れ臭そうに手を振った。

「気にしないでください。五升くらい、あっという間に搗き終わりますから」

二三は頭を上げて、正輝に言った。

「せめてものお礼に、今日のお食事代は店のサービスにさせて下さい」

「いや、女将《おかみ》さん、それはいけませんよ！」

正輝はあわてて、両手をワイパーのように左右に振った。

しかしケンは、二三と正輝を見比べて、やんわりと口を挟んだ。

「マサ、ここはお言葉に甘えようよ」

「いや、だけど……」

「この店の人たちは、こういう人なんだよ。もしマサが断れば、もち米の代金にマージンを乗せて支払うというよ。マサはそんなこと、困るだろ？」

小さく頷いた正輝に、ケンは言葉を続けた。

「じゃあ、今日はご馳走になろうよ。そしてこの次来たときは、今日よりもっといっぱい食べようよ」

正輝は照れ臭そうに苦笑いを浮かべた。

「そんじゃ、今日はご馳走になります」

「ありがとうございます！」

二三はもう一度勢いよく頭を下げた。鼻の奥が少しツンとした。沢山の良いお客さんに恵まれたことを、誰に感謝したらいいのか分らない。だから、みんなに感謝しよう。

「スペアリブ、お待ちどおさまでした」

皐がカウンターにスペアリブのオイスターソース煮の皿を置いた。

「あら、良い匂《にお》い。ゴマ油ね」

瑠美が鼻をヒクヒクさせると、康平もつられて鼻の穴を膨らませた。

スペアリブをゴマ油で焼き色がつくまで焼いてから、オイスターソースをベースにした煮汁を注ぎ、三十分ほど煮る。肉にはオイスターソースの旨味《うまみ》がしみこみ、身は箸で骨から剝《は》がせるほど柔らかくなる。しかもこれなら作り置きが出来るので、注文があれば温めるだけで良い。普通にグリルで焼くスペアリブは、焼き時間だけで二十五分はかかるので、これは時短にもなる。

「あ、ホント、合う」

スペアリブを食べてからランブルスコで追いかけた瑠美が、わずかに目を見開いた。

「だろ？　焼き肉やバーベキューにも合うし、シンプルに塩振って焼いた肉にもイケるよ」

二人は骨を指でつまんで、がっつりと肉を頬張った。二三がすかさず新しいおしぼりを差し出した。

「二三さん、私、明日お雑煮のレシピ本持って来るね。四十七都道府県のご当地雑煮、網羅してるやつ」

「助かります」

二三は一子の方を見た。一子は今、ガス台の前に立ってリゾットの火加減を見ている。リゾットに使っているのは便利なアサリの水煮缶だ。鉄分を多く含むアサリと、鉄分の吸収を助けるビタミンCの豊富な菜の花とパプリカを使ったリゾットは、春を呼ぶヘルシー料理なのだ。

「ねえ、お姑さん」

一子が顔を上げて二三を振り向いた。

「明日、お客さんにアンケート取ろう。何処のご当地雑煮が食べたいか」

「そうだね。そうしよう」

二三も一子も、ちょっとの間に表情が明るくなっている。新しい試みが、値上げでへこんでいた心を奮い立たせてくれたようだ。

「『値上げＶＳお雑煮』って、何？」

一月七日、ランチタイムにはじめ食堂を訪れたお客さんたちは、壁にデカデカと貼られた新しいポスターに目を奪われた。

「来月からの値上げに、お雑煮で対抗していただく企画です」

皐はほうじ茶とおしぼりを運ぶ度に、テーブルに新しく置かれた紙と鉛筆入れを指し示して説明した。

「今週の金曜から来週の金曜まで一週間、味噌汁の代わりに日本各地のご当地雑煮をお出しします。だからこれはと思うお雑煮がありましたら、どうぞリクエストしてください」

四人で来店したご常連のＯＬは、皐から鉛筆入れへ、そしてまた皐へと視線を移動させた。

「お雑煮って、そんなにいっぱいあるの？」

「四十七都道府県くらいは、あるそうです。同じ県でも地域によって違うとか」

四人の女性は困ったように顔を見合わせた。お雑煮と言えば醬油味で鶏肉と小松菜の入った《東京風》しか知らないのだろう。

「オリジナルでも結構ですよ。カレー風味とか、トマト味とか、豆乳スープとか」

「あ、カレー味は面白そう」

一人が口を切ると、あとはにぎやかなオリジナル雑煮談議が始まった。

今日のはじめ食堂のランチは、七草がゆが無料サービスだ。カレーを注文したお客さん以外は、ご飯の代わりに七草がゆを選ぶ。

本日のメニューは、日替わりが豚の生姜《しようが》焼きと豆腐ハンバーグ、焼き魚が塩鮭《しおじやけ》、煮魚が鯖の味噌煮。ワンコインがかき揚蕎麦《そば》とカツカレー、オムカレー。小鉢は煮玉子と、五十円プラスで築地《つきじ》場外の花岡《はなおか》商店の絶品白滝を使った、タラコと白滝の炒り煮。

味噌汁は豆腐とわかめ、漬物は一子自慢の白菜漬け。これにドレッシング三種類かけ放題のサラダがついて、ご飯と味噌汁はお代わり自由。もちろん、七草がゆもだ。

来月からは八百円になるが、この充実ぶりで長いこと七百円で頑張ってきた。定食界にオリンピックがあれば確実にメダル候補だと、二三は確信している。一子も皐も思いは同じだ。

「ぶり雑煮でも良い？　俺、福岡なんだ」

ご常連の中年サラリーマンが皐に訊いた。

「はい、もちろんです」

すると、やはりご常連の初老の作業員が言った。

「こづゆ雑煮喰《く》いたいなあ。実家にいた頃、正月になるとおふくろが作ってくれた」

「会津のお雑煮ですよね。それも有力候補ですから」

皐はにっこり微笑んで、ほうじ茶とおしぼりをテーブルに置いた。

「お雑煮合戦か……良い企画だなあ」

三原がポスターを眺めて目を細めた。

「日替わりでご当地物の雑煮を出すのがアイデアだね」

七草がゆに合わせたのか、今日の三原は焼き魚定食を選んだ。

「それもこれも、柔道の先生とお知り合いになったればこそよね」

豆腐ハンバーグを箸でちぎって、梓が言った。

「稲成さんと知り合えたのも、ケンさんのお陰なんですよ。ご縁って、広がるものですねえ」

カウンターの端の椅子に腰を下ろしている一子が、しみじみとした口調で言った。

「ご縁がつながるのも、皆さんのご人徳です。人間、いやな奴《やつ》とは縁を切って、寄り付かなくなりますからね」

「三原さんにそう言っていただけると、励みになりますよ」

一子がそっと二三と皐を見遣ると、二人とも大きく頷いた。

「ふみちゃん、ご当地雑煮の候補は決まった？」

二三は梓を見て首を振った。

「なかなか。正直、色々ありすぎて。お雑煮を出すのは今週の金曜から来週の金曜まで。月曜は成人の日で休みだから、全部で五日。お雑煮は五種類」

二三はカウンターの下から一冊の本を取り出した。午前中、酒の配達のついでに、康平が瑠美から預かって届けてくれた。

「日本全国のお雑煮の本。『故郷の数だけお雑煮がある！』ってキャッチコピーが付いてるけど、まさにその通りよ」

二三は三原と梓に見えるように本を持ち、ページをめくった。全国のお雑煮が、美しいカラー写真で載っている。

「目移りしちゃうわねえ」

「そうなのよ」

二三は口を尖《とが》らせたが、目は笑っている。沢山の雑煮の中から五種類を選ぶのが、楽しくてたまらないのだ。

お客さんをすべて送り出すと、二三たちは早々にランチ営業を終了した。ささっと賄いを済ませると、三人はテーブルに本を広げて、額を集めた。

「会津のこづゆ雑煮と福岡のぶり雑煮は決定ね。山の幸と海の幸で、味の変化もつくし」

二三が本の頁《ページ》を繰って写真を指さすと、皐が言った。

「味噌味もやりたいんですけど、京都も奈良も、甘目の白味噌なんです。これ、絶対にご飯と相性悪いですよ」

「色だけで良ければ、白っぽくて甘味の少ない味噌を使ったら？」

一子の言葉に、皐は我が意を得たりと頷いた。

「信州味噌に、美味しい中辛の白味噌があるんです。うちにあるので持ってきますね」

「京都のお雑煮は里芋、大根、人参《にんじん》を丸く切るのね」

一子が写真を見ながら確認した。

「これは絶対に入れましょうよ。新潟の親子雑煮」

二三が指さした写真には、鮭の切り身とイクラをトッピングした豪華な雑煮が写っていた。

「広島の牡蠣雑煮も捨てがたいですね」

皐は別の写真を指さした。

「あたしは話に聞いた、あんこの入ったお餅の入ってるお雑煮も良いと思ったんだけど、家で作るのは無理ね」

「香川県の餡《あん》餅雑煮ですね」

皐が別のページを開いた。白味噌仕立ての雑煮の具は大根、里芋などで、主役の丸餅の中にはあんこがたっぷり入っていた。

「珍しいから、皆さん驚くと思ったんだけど」

一子が残念そうに言うと、皐が急いで別のページを開いた。指し示したのは岩手のクルミ雑煮と、奈良の黄な粉雑煮の写真だった。

「どっちのお雑煮も、お餅だけ引っ張り出して、クルミだれや黄な粉を付けて、スイーツ感覚で食べるんです。この方法なら、あんこの小皿を添えて、あんころ餅で食べてもらえるんじゃ……」

一子も二三も目を輝かせた。

「良いわね、是非やりましょう！」

二三は興奮気味に言ってから、別のページを開いた。

「これも捨てがたいのよね。秋田の比内《ひない》地鶏雑煮。ま、うちじゃ比内地鶏は使えないけど」

たっぷりの鶏肉と秋田名産のセリを使った雑煮は、はじめ食堂で出している小鍋立てと同じ味だから、美味しいのはよく分っている。

「でも、五種類だもんね。迷うなあ」

二三はため息をついたが、胸の中は楽しさが詰まっていた。その気持ちを察したように、一子が言った。

「明日、万里《ばんり》君が賄いに来るでしょ。相談してみようか」

「そうだね。さっちゃん、それでいい？」

「もちろん！」

本を閉じると、三人は飲みかけのほうじ茶を飲み干した。

「明日は夕方に稲成さんがお餅を届けてくれるから、忙しくなるね」

「ふみちゃん、もし時間があったら試作品作って、稲成さんに味見してもらおうか」

「賛成！」

二三は思わず拳《こぶし》を突き上げた。

「二三さん、『極悪女王』はまりすぎ」

「何事も最初は形からよ。みなさん、はじめ食堂のますますの発展を願って、ご唱和を
……」

一子も皐も二三に倣って拳を突き上げた。

「えい、えい、おー！」

準備中のはじめ食堂に、三人の笑い声が弾《はじ》けた。

食堂のおばちゃんの簡単レシピ集

皆さま、『お雑《ぞう》煮《に》合戦　食堂のおばちゃん17』を読んでくださって、ありがとうございました。

今作からは新たなレギュラーメンバー、英国人のケンが加わりました。思えば東京は国際都市で、様々な国籍の人が住んでいます。佃《つくだ》に住んでいる外国人がはじめ食堂の常連さんになっても、おかしくありません。

新しいキャラクターの登場で、物語にも新しい展開が生まれ、新しい料理が登場するのが楽しみです。

①スモークサーモンとクリームチーズのサンドイッチ

〈材　料〉１人分

クリームチーズ50ｇ　６枚切食パン２枚　グリーンリーフ葉大１枚
玉ネギ小10分の１個（10ｇ）　スモークサーモン３枚　塩・胡椒《こしょう》　各少々

〈作り方〉

●クリームチーズは室温に置いて滑らかにする。
●グリーンリーフは大きめにちぎって水にさらし、パリッとさせ、水気を取る。
●玉ネギは薄切りにして水にさっとさらし、水気を取る。
●スモークサーモンは半分に切っておく。
●食パン２枚にクリームチーズをぬる。
●スモークサーモンをパンの上にずらしながら並べ、その上に玉ネギを載せ、塩・胡椒する。
●玉ネギの上にグリーンリーフを広げて載せ、もう１枚のパンを重ねて、横に半分にカットする。

〈ワンポイントアドバイス〉

☆時間があれば出来上がったサンドイッチをラップで包み、冷蔵庫で少し休ませます。休ませることで全体に味がなじみ、切りやすくなります。

☆スモークサーモンの代わりに生ハムを使っても美味です。

②特製TKG

〈材　料〉　1～2人分

卵3個　温かいご飯茶碗《ちゃわん》2杯分（300g）　バター適量

A（生クリーム大匙《おおさじ》1杯　バター15g　塩軽く一つまみ）

〈作り方〉

●バターは常温に置いて柔らかくしておく。

●鍋《なべ》に半分ほど水を入れ、湯を沸かす。ボウルを湯煎《ゆせん》にかけた時、底が鍋に着かないのが目安。

●ボウルに卵を割り入れてよく溶きほぐし、Aを加え、フォークか菜箸《さいばし》を8の字に動かして、卵液が均一になるまで混ぜる。

●鍋の火を中火にして、ボウルを湯煎にかけ、ゴムベラで周囲から削《そ》ぐように、ゆっくりと混ぜる。
●卵液の固まり始めたところを中心に落としながら混ぜ続ける。全体がとろりとしてきたら鍋から出して、蒸気で間接的に熱を当てながら、好みの柔らかさに仕上げる。
●丼《どんぶり》にご飯を盛り、ボウルの中身をかけて、バターを好みの量、トッピングする。

〈ワンポイントアドバイス〉
☆湯煎でじっくりと仕上げたとろけるようなスクランブルエッグがご飯に絡む、まさに進化系の卵かけご飯です。

③トンテキ

〈材　料〉２人分
豚ロース（とんかつ用）２枚　下味用塩・黒胡椒　各ふたつまみ　薄力粉《はくりきこ》大匙２分の１杯
ニンニク１片　サラダ油大匙２分の１杯
Ａ（ウスターソース大匙２杯　醬油《しょうゆ》大匙１杯　みりん大匙１杯

ケチャップ小匙2杯　砂糖小匙1杯）

〈作り方〉

●ニンニクは芯《しん》を取り除き、薄切りにする。

●豚ロースはグローブ状になるように4ヶ所に切りこみを入れ、塩、黒胡椒を振り、薄力粉をまんべんなくまぶす。

●ボウルにAの材料を入れ、混ぜ合わせる。

●中火で熱したフライパンにサラダ油を引き、ニンニクと豚ロースを入れて焼く。ニンニクは焼き色がついたら取り出しておく。

●豚ロースに焼き色がついたら、Aを入れて中火で煮詰め、豚ロースに絡める。豚ロースに火が通り、全体に味がなじんだら火からおろす。

●皿に盛り、ニンニクをトッピングする。

〈ワンポイントアドバイス〉

☆トンテキは四日市《よっかいち》発祥のポークのステーキです。ニンニク風味のソースが利いて、ご飯が進むこと間違いなし！

☆付け合わせの野菜は千切りキャベツなど、お好みでどうぞ。

④タコのエスニック唐揚げ

〈材　料〉２人分

茹《ゆ》でダコ300g　ピーナッツ70g　香菜《シャンツァイ》適量　赤玉ネギ8分の1個

レモン（くし形切り）１切れ　唐揚げ粉80g　サラダ油・スイートチリソース　各適量

〈作　り　方〉

●タコはぶつ切り、香菜はざく切り、赤玉ネギは薄切りにして水にさらし、水気を切る。

●ピーナッツは刻む。

●ポリ袋に唐揚げ粉と水50ccを入れてよく混ぜ、タコを加えてよくもみ込む。

●タコにピーナッツをまぶし、中温に熱したサラダ油で表面がキツネ色になるまで揚げる。

●香菜と赤玉ネギをざっくり混ぜて皿に載せ、唐揚げを盛りつけ、レモンを飾る。

●スイートチリソースを添えて、どうぞ。

〈ワンポイントアドバイス〉

☆タコの唐揚げがピーナッツと香菜でエスニック風に変身します。

☆タコには火が通っているので、衣の色が変わったら食べられます。

⑤むかごのガーリックバター炒《いた》め

〈材　料〉２人分

むかご100g　バター15g　醤油大匙2杯　ニンニク1片

〈作　り　方〉

●むかごは洗い、水気を拭《ふ》く。

●ニンニクはみじん切りにする。

●フライパンにバターとニンニクを入れ、弱火にかける。

●香りが立ってきたらむかごを入れ、むかごが柔らかくなるまで（竹串《たけぐし》が通るくらい）炒める。

●醤油を回し入れて火を止め、器に盛る。

〈ワンポイントアドバイス〉

☆お好みで七味を振ってお召し上がりください。

☆ご飯のお供にも、酒の肴《さかな》にもピッタリな一品です。

⑥豆腐ステーキ

〈材　料〉２人分

木綿豆腐１丁　長ネギ２分の１本　大根４分の１本　ゴマ油大匙２杯　醤油大匙３杯

〈作　り　方〉

●豆腐は軽く水気を切る。

●長ネギは薄切り、大根は皮をむいてすりおろす。

●フライパンにゴマ油を引いて火にかけ、煙が立ったら豆腐を入れて焼く。

●焼き目がついたら裏返し、ネギを載せて醤油をかけ回し、軽く火を通す。
●皿に盛って大根おろしを載せる。

〈ワンポイントアドバイス〉
☆我家で母が作っていた焼き豆腐です。池波《いけなみ》正《しょう》太郎《たろう》のエッセイに出ていたレシピだとか。
☆好みで七味を振ってお召し上がりください。

⑦麻婆《マーボー》白菜

〈材　料〉２人分
豚ひき肉１５０ｇ　白菜２５０ｇ（４分の１玉）　ニラ３分の１束　エノキ１パック
Ａ（オイスターソース小匙２杯　味噌《みそ》・酒　各大匙１杯　砂糖・豆板醤《トウバンジャン》　各小匙１杯）
ニンニク・生姜《しょうが》　各１片　長ネギ４分の１本　片栗粉《かたくりこ》小さじ１杯　ゴマ油大匙２杯

〈作り方〉

●ニンニク・生姜・長ネギはみじん切りにする。

●白菜はざく切り、ニラは長さ4センチに切り、エノキは根元を落として小房に分ける。

●Aをよく混ぜ合わせておく。

●中華鍋にゴマ油を入れて火にかけ、ひき肉を入れて炒め、ニンニク・生姜・長ネギを加えてさらに炒める。

●白菜、ニラ、エノキを加えてさらに炒め、白菜がしんなりしたらAを回しかけ、水50ｃｃを足してよく混ぜ、蓋をして弱火で約10分蒸し煮にする。

●片栗粉を小匙2杯の水で溶き、鍋に入れて混ぜ、とろみがついたら器に盛る。

〈ワンポイントアドバイス〉

☆野菜がたっぷり摂《と》れる、栄養満点の一皿です。

☆片栗粉と水以外の材料を未調理のままフリーザーバッグに入れて冷凍保存しておけば、必要な時に取り出して加熱するだけで、麻婆白菜が出来上がります。加熱する時に水を加えて、水溶き片栗粉でとろみをつけてくださいね。

⑧ゴマトマ豚汁

〈材　料〉２人分

豚コマ40ｇ　生姜１片　新ゴボウ２分の１本　生椎茸《しいたけ》２枚　トマト２分の１個
白すりゴマ・味噌　各大匙２杯　青ネギ少々　サラダ油小匙１杯

〈作り方〉

●新ゴボウと生椎茸は薄切り、生姜は千切り、トマトは一口大に、青ネギは小口切りにする。
●鍋にサラダ油を引いて熱し、豚コマと生姜を炒め、肉の色が変わったら新ゴボウ、生椎茸、白すりゴマを加える。
●鍋に水２カップを加え、火が通るまで煮たら、トマトと味噌を加えてひと煮たちさせ、火を止めて器に盛る。
●仕上げに青ネギの小口切りを散らす。

〈ワンポイントアドバイス〉

☆すりゴマのコクと素材の旨味《うまみ》で出汁《だし》要らず。

☆トマトの旨味成分は昆布と同じグルタミン酸。和食との相性は良好です。

⑨鶏肉《とりにく》とブロッコリーの海苔和《のりあ》え

〈材　料〉２人分

鶏ムネ肉２分の１枚（１００g）　ブロッコリー２分の１株

酒大匙１杯　刻み海苔３g　糸唐辛子少々

Ａ（白出汁大匙１杯　白炒《い》りゴマ・ゴマ油　各大匙２分の１杯　おろしニンニク少々）

〈作　り　方〉

●耐熱皿に鶏ムネ肉を載せ、酒を振りかけてラップし、電子レンジ６００Wで約２分加熱する。

●そのまま冷まして、食べやすい大きさに割く。

●ブロッコリーは小房に分けて塩茹でする。

●ボウルにブロッコリーと鶏ムネ肉を汁ごと入れ、Ａを入れて混ぜたら、刻み海苔を加えてざっと混ぜ、器に盛る。

●糸唐辛子をトッピングして出来上がり。

〈ワンポイントアドバイス〉

☆刻み海苔とゴマ油で作る韓国風の副菜は、箸休めにもなり、お酒の肴にもピッタリです。

⑩会津《あいづ》のこづゆ雑煮

（Yoshiko「Favorite Recipes」のブログ記事を参考にさせて頂きました）

〈材　料〉２人分

きくらげ１個　干し貝柱３個　干し椎茸２個　人参１・５センチ　里芋２個

しらたき４分の１袋　豆麩《まめふ》（しらたま麩）４個　醤油・塩　各適量　餅《もち》はお好みの分量

〈作　り　方〉

●きくらげと干し貝柱、干し椎茸は水にひたして一晩置いておく。

●豆麩はぬるま湯に戻し、軽く絞っておく。

●人参はいちょう切り、椎茸も同様の大きさに切り、里芋は一口大に切る。
●しらたきは熱湯に通してザルに上げ、食べやすい長さにざく切りにする。
●鍋に、貝柱と椎茸の戻し汁と水、人参と里芋を入れて火にかけ、沸騰したら灰汁《あく》を取り、火を弱める。
●里芋に火が通ったら、豆麩以外の材料も加えて煮る。最後に豆麩を入れ、醤油と塩で味を調える。
※ここまでで「こづゆ」は完成。
●切り餅を焼いて加え、少し煮る。搗《つ》き立ての餅ならちぎって入れて食べる。

〈ワンポイントアドバイス〉
☆豆麩は会津地方と宮城県以外では見かけないとのことなので、なくてもかまいません。

⑪福岡のぶり雑煮

〈材　料〉２人分
昆布３g　焼きアゴ９g　ぶり（鍋用の切り身）２枚　里芋2個

人参1・5センチ　大根1・5センチ　カツオ菜1枚（なければ小松菜2枚）
干し椎茸2枚　かまぼこ（紅）2センチ　丸餅4個
醤油・みりん　各大匙1と2分の1杯　柚子《ゆず》の皮・塩　各適量

〈作り方〉

●ぶりは大きければお椀《わん》に収まる程度の大きさに切り、塩を振って一晩置いておく。
●鍋に半分に折った焼きアゴと昆布、水300ccを入れ、ひたして一晩置いておく。
●干し椎茸はぬるま湯150ccにつけてふやかしておく。
●前日に用意しておいた水、焼きアゴ、昆布を入れた鍋を弱めの中火で加熱する。
●湯気が出て小さい泡がぶくぶくと上がってきたら火を止め、キッチンペーパーなどでこす（昆布は餅を茹でるときに使うので、捨てずに取っておく）。
●人参と大根は皮をむいて厚さ7～8ミリの輪切りにする。
●里芋は皮をむいた後、塩もみをしてぬめりを取る。
●鍋に人参、大根、里芋を入れて、かぶる程度の水と、水の1％量の塩を加え、火にかけて茹で、柔らかくなったものから取り出す。
●かまぼこは厚さ5ミリに切る。

●カツオ菜（小松菜）は、塩1%を加えたお湯で茹でてザルに上げ、冷水でさっと冷まし、水気を絞って6センチ幅に切る（巻きすで絞ると形もきれい）。
●鍋に水を入れて火にかけて、沸騰したらぶりを入れ、表面が白くなったらすぐに取り出す。
●鍋に焼きアゴと昆布の出汁250cc、干し椎茸の戻し汁50ccを入れて火にかけ、醤油とみりんで味付けする。
●干し椎茸、人参、大根、里芋、ぶりを入れてひと煮たちさせる。
●別の鍋に、取っておいた昆布を敷いて、その上に丸餅を並べ、かぶる程度の水を加えたら、火にかけて柔らかくなるまで茹でる。
●お椀の底に大根を置いて、その上に餅を載せ、下煮しておいた椎茸、里芋、人参、ぶり、カツオ菜、かまぼこを盛り付け、汁を注《っ》ぎ入れる。香り付けに柚子の皮を載せて完成。

〈ワンポイントアドバイス〉

☆具の下ごしらえが面倒なようにも見えますが、あらかじめ茹でておけば、汁がにごらずきれいに仕上がります。特に、ぶりや里芋は、汁がにごる原因になりやすいので、ぶりの湯通しと里芋の塩もみだけでもやっておくと、一皮むけたお雑煮が出来上がります。
☆丸餅を茹でるときに鍋の底に昆布を敷いておくと、餅が鍋にくっつかず、昆布の旨味も移って良いですよ。
☆お雑煮は日本全国津々浦々、故郷の数だけ種類があると言われています。お雑煮を食べ比べるのも面白いですね。

本書の第一話から第四話は「ランティエ」二〇二四年九月号〜十二月号に、連載されました。第五話は書き下ろし作品です。

ハルキ文庫

や 11-19

お雑《ぞう》煮《に》合《がっ》戦《せん》 食堂《しょくどう》のおばちゃん⑰

著者 山口《やまぐち》恵《え》以《い》子《こ》

2025年1月18日第一刷発行
2025年2月18日第三刷発行

発行者 角川春樹

発行所 株式会社角川春樹事務所
〒102-0074 東京都千代田区九段南2-1-30 イタリア文化会館

電話 03(3263)5247(編集)
03(3263)5881(営業)

印刷・製本 中央精版印刷株式会社

フォーマット・デザイン 芦澤泰偉
表紙イラストレーション 門坂 流

ISBN978-4-7584-4690-7 C0193 ©2025 Yamaguchi Eiko Printed in Japan
http://www.kadokawaharuki.co.jp/[営業]
fanmail@kadokawaharuki.co.jp[編集] ご意見・ご感想をお寄せください。

山口恵以子の本

食堂メッシタ

ミートソース、トリッパ、赤牛のロースト、鶏《とり》バター、アンチョビトースト……美味《おい》しい料理で人気の目黒の小さなイタリアン「食堂メッシタ」。満希《まき》がひとりで営む、財布にも優しいお店だ。ライターの笙子《しょうこ》は母親を突然亡くし、落ち込んでいた時に、満希の料理に出会い、生きる力を取り戻した。そんなある日、満希が、お店を閉めると宣言し……。イタリアンに人生をかけた料理人とそれを愛するひとびとの物語。